Páradais

Páradais

FERNANDA MELCHOR

LITERATURA RANDOM HOUSE

El papel utilizado para la impresión de este libro ha sido fabricado a partir de madera procedente de bosques y plantaciones gestionadas con los más altos estándares ambientales, garantizando una explotación de los recursos sostenible con el medio ambiente y beneficiosa para las personas.

La autora agradece al Programa Jóvenes Creadores del Fonca y al Sistema Nacional de Creadores de Arte el apoyo recibido durante la escritura del presente libro.

Páradais

Primera edición: febrero, 2021
Primera reimpresión: febrero, 2021
Segunda reimpresión: abril, 2021
Tercera reimpresión: julio, 2021
Cuarta reimpresión: septiembre, 2021

D. R. © 2019, Fernanda Melchor,
by arrangement with Michael Gaeb Literary Agency

D. R. © 2021, derechos de edición mundiales en lengua castellana:
Penguin Random House Grupo Editorial, S. A. de C. V.
Blvd. Miguel de Cervantes Saavedra núm. 301, 1er piso,
colonia Granada, alcaldía Miguel Hidalgo, C. P. 11520,
Ciudad de México

penguinlibros.com

D.R. © Penguin Random House / Scarlet Perea Medina, por el diseño de portada
D.R. © Istock by Getty Images, por la imagen de portada

ISBN: 978-607-318-797-8

Impreso en México – *Printed in Mexico*

Para Luis Jorge Boone
Para Darío Zalapa

¿Qué va a pasar? No pasará nada.
Es imposible que algo suceda.
　　¿Qué haré? [...] Enamorarse
sabiendo que todo está perdido y
no hay ninguna esperanza.

JOSÉ EMILIO PACHECO,
Las batallas en el desierto

I hear those sirens scream my name.

DAVID LYNCH, "Up in flames"

Todo fue culpa del gordo, eso iba a decirles. Todo fue culpa de Franco Andrade y su obsesión con la señora Marián. Polo no hizo nada más que obedecerlo, seguir las órdenes que le dictaba. Estaba completamente loco por aquella mujer, a Polo le constaba que hacía semanas que el bato ya no hablaba de otra cosa que no fuera cogérsela, hacerla suya a como diera lugar; la misma cantaleta de siempre, como disco rayado, con la mirada perdida y los ojos colorados por el alcohol y los dedos pringados de queso en polvo que el muy cerdo no se limpiaba a lametones hasta no haberse terminado entera la bolsa de frituras tamaño familiar. Me la voy a chingar así, balbuceaba, después de pararse a trompicones en la orilla del muelle; me la voy a coger así y luego voy a ponerla en cuatro y me la voy a chingar asá, y se limpiaba las babas con el dorso de la mano y sonreía de oreja a oreja con esos dientes grandotes que tenía, blancos y derechitos como anuncio de pasta dental, apretados con rabia mientras su cuerpo gelatinoso se estremecía en una burda pantomima del coito y Polo apartaba la mirada y se reía sin ganas y aprovechaba la distracción del gordo para darle baje a la botella, encender otro cigarro y soplar el humo con fuerza hacia arriba, para espantar a los mosquitos bravos del manglar. Todo era pura guasa del gordo, pensaba Polo; puro cotorreo nomás, puro hablar pendejadas al calor de los tragos, o al menos eso había pensado al principio, durante las primeras pedas que se pusieron en el muelle, en la parte más oscura del pequeño embarcadero de madera que corría paralelo al río, justo donde las luces de la terraza no alcanzaban a llegar y las sombras de las ramas del amate los protegían de las miradas del vigilante nocturno y de los habitantes del residencial, especialmente de los abuelos de Franco, a quienes según él, les daría una embolia si llegaban a cachar al *niño* consumiendo bebidas alcohólicas y fumando cigarros y sabría Dios qué otras porquerías, y lo peor de todo, en compañía de un miembro del *servicio*, como decía el imbécil de Urquiza para referirse a los empleados del fraccionamiento: nada más y nada menos que el jardinero del residencial; un escándalo mayúsculo, un total abuso de confianza que Polo pagaría con su chamba, cosa que en realidad no le importaba tanto pues felizmente se largaría de aquel maldito fraccionamiento para no volver jamás; el pedo era que tarde o temprano tendría que volver a casa a echarse un tiro con su madre al respecto, y aunque esa perspectiva le parecía detestable —si no es que al chile francamente pavorosa—, Polo era incapaz de resistirse. No podía decirle que no al marrano cuando éste le hacía señas desde la ventana; no quería dejar de empedarse en el muelle aunque el chamaco idiota le cagara, aunque ya lo tuviera harto con las mismas babosadas de siempre y su eterna obsesión con la vecina, de quien el gordo se había enamorado sin remedio a primera vista aquella tarde a finales de mayo cuando los Maroño llegaron al residencial Páradais a recibir oficialmente las llaves de su nuevo hogar, a bordo de una Grand Cherokee blanca, la propia señora Marián al volante.

Polo se acordaba bien de ese día; le hizo gracia ver a la doña manejando y al marido relegado al asiento del copiloto, cuando la ventanilla descendió con un zumbido y un vaho de aire gélido le golpeó el rostro sudado. La mujer llevaba lentes oscuros que escondían por completo sus ojos y en cuya superficie Polo podía verse reflejado, mientras ella le explicaba quiénes eran y qué hacían allí, su boca pintada de rojo escandaloso, los brazos desnudos cubiertos de brazaletes plateados que tintinearon como carrillones de viento cuando Polo finalmente alzó la pluma de acceso y ella agitó su mano para agradecerle. Una doña como tantas otras, *equis*, a él nunca lo había impresionado. Igualita a las demás señoras que vivían en las residencias blancas de tejas falsas del fraccionamiento: siempre de lentes oscuros, siempre frescas y lozanas tras los vidrios polarizados de sus inmensas camionetas, los cabellos planchados y teñidos, las uñas impecablemente arregladas, pero nada del otro mundo cuando uno las veía de cerca; vaya, nada para volverse loco como el pinche gordo, de verdad que ni era pa' tanto. Seguramente la conocerían por fotos; el marido era famoso, tenía un programa en la tele, a cada rato salían los cuatro en las páginas de sociales de los periódicos: él, calvo y chaparro, vestido siempre de saco y camisa de manga larga a pesar del maldito calor, los dos chamacos remilgados y ella, acaparando la atención con sus labios encarnados y aquellos ojos chisposos que parecían sonreírte en silencio, entre retozones y malévolos, las cejas arqueadas en un mohín de complicidad coqueta, más alta en plataformas que el marido, la mano en la cintura, el pelo suelto hasta los hombros y el cuello adornado con vueltas de collares vistosos. Ésa era la palabra que mejor la describía: más que guapa era vistosa, llamativa, como hecha nomás para clavarle los ojos, con sus curvas esculpidas en el gimnasio y las piernas descubiertas hasta medio muslo, en faldas de seda cruda o shorts de lino pálido que contrastaban con el fulgor apiñonado de su piel siempre bronceada. Un culo decente, pues, lo que fuera de cada quien; un culo bastante aceptable que todavía lograba disimular con éxito el kilometraje, las arrugas y los estragos causados por los dos hijos paridos —el mayor ya todo un jovencito— con cremas y trapos lujosos y aquel contoneo metronómico, absolutamente controlado, con el que la doña caminaba a todas partes, en tacones o en sandalias o descalza sobre el pasto, y que hacía que medio fraccionamiento se volviera para verla cuando pasaba. Justo como ella quería, ¿no? Que la miraran con deseo y lujuria, que le dedicaran pensamientos cochinos al paso. Se veía que le *encantaba*, y lo mismo al pelón del marido; siempre que Polo los veía juntos el bato le tenía bien puesta una mano encima: que si agarrándole la cintura, que si palmeándole la espalda baja, que si tentándole una nalga con el orgullo de quien marca territorio y presume su ganado, mientras ella nomás sonreía, feliz de la vida de ser admirada, y por eso era que Polo siempre se aguantaba las ganas de verla y se forzaba a sí mismo a dominar la tensión instintiva del cuello, el tirón casi maquinal que le exigía girar la cabeza para seguir la trayectoria de esas nalgas bamboleantes paseando alegres y campantes por las calles del fraccionamiento, en principio porque no quería que nadie —ni la doña, ni el marido, ni los hijos o el imbécil de Urquiza, pero sobre todo ella, pinche vieja— lo descubrieran contemplándola, morboseándola con los ojos entornados, la boca abierta con un hilo de baba colgando, como el tarado del gordo cuando la miraba de lejos. Era tan *obvio* que estaba loco por ella; ni siquiera podía disimularlo y hasta Polo había terminado por darse cuenta, y eso que, en aquel entonces, al principio, cuando los Maroño se instalaron en la casa número siete a finales de mayo, Polo aún no se llevaba con Franco Andrade; la fiesta del malcriado de Micky aún no había sido anunciada y ninguno de los dos había cruzado nunca ni media frase. Pero es que era realmente imposible pasar por alto al gordo cuando uno se lo topaba vagando, siempre ocioso y solitario, por las calles adoquinadas de Páradais, con su panza formidable y su rostro rubicundo cuajado de granos purulentos y aquellos ricitos rubios que le daban un aire ridículo, de querubín sobrealimentado; un masacote de muchacho cuyos ojos inexpresivos sólo cobraban vida cuando tenían enfrente a la señora de Maroño, a quien no cesaba de acechar desde la mudanza. Había que ser ciego o de plano idiota para no darse cuenta de los intentos desesperados del infeliz marrano por estar cerca de ella, si cada vez que la vecina salía al jardín delantero a retozar con sus hijos, vestida apenas con un short de licra y un sostén deportivo que terminaban *pegados* a su piel por el agua de la manguera que se disputaba con los escuincles, entre risas, el güero mantecoso salía *corriendo* de su casa a fingir que lavaba el carro de sus abuelos, tarea que verdaderamente aborrecía pero que ahora cumplía sin que los viejos tuvieran que ordenárselo a grito pelado como antes, o amenazarlo con quitarle la computadora o el teléfono. Y qué casualidad también que cada vez que la señora bajaba a la terraza a tomar el sol en traje de baño, el mismo mastodonte de muchacho se apersonaba en el lugar tres minutos más tarde, enfundado en una trusa que apenas le venía y una playera del tamaño de una carpa, con la que pretendía cubrir aquel mogote de masa desbordada que era su tripa, y lentes oscuros para disimular la mirada obsesivamente clavada en las carnes untadas de bronceador de la doña, recostada a dos camastros de distancia, totalmente ajena a los suspiros lúbricos del marrano y a los ocasionales toqueteos con los que el muy torpe trataba de acomodarse el chorizo tieso para que no se le notara. Pero lo más patético de todo eran sus reiterados intentos de hacerse amigo de los dos engendros de la señora, el aflautado Andrés y el llorón mimado de Miguel, mejor conocidos como *Andy* y *Micky* entre los vecinos del fraccionamiento en un absurdo desplante de cursilería promovido por los Maroño, sabría Dios el motivo, si de gringos no tenían nada, puras ganas de mamar por el mame mismo, y más risible resultaba el gordo llamándolos a gritos entre los juegos del parque, resoplando como búfalo detrás del balón que Andy le fintaba, rastrero y servil ante los caprichos de Micky, nomás para ganarse el derecho a ser invitado a merendar a la casa de los vecinos y poder así gozar, aunque fuera por breves instantes, de la presencia de la mujer de sus sueños, reina y protagonista de sus más cochambrosas fantasías sexuales, dueña del torrente viscoso que el muy chaquetero se exprimía todas las noches sin falta, a veces hasta bien entrada la madrugada, pensando en ella y en sus labios cachondos, su culo rotundo, sus tetas frondosas, incapaz de dormir por el ansia que aquella mujer le causaba, el ardor que lo había invadido desde aquella primera vez que la vio descender de su camioneta blanca, la efervescencia que le recordaba al borboteo de la champaña con la que sus abuelos celebraban el Año Nuevo y que él

sorbía a escondidas cuando los viejos se apendeja-
ban; un vértigo que en ausencia de ella se convertía en angustia y vacío, una falla tectónica que se
abría de golpe en su alma, cada tarde cuando debía
largarse de la casa de los vecinos porque el señor
Maroño llegaba del trabajo y los niños debían bañarse y terminar su tarea y la señora Marián le pedía,
con su voz más dulce y cálida, que por favor se mar-
chara, que ya era tarde y seguramente sus abuelitos
se preguntarían dónde estaba, y le propinaba una
palmada juguetona en el lomo y lo acompañaba a la
puerta de entrada con una sonrisa, y al gordo no le
quedaba de otra más que volver a su casa, con el rabo
entre las patas y el aroma de la señora —según él, una
mezcla de Carolina Herrera, cigarros mentolados y el
dejo acidulado de las gotas de sudor prendidas a su
escote— aún rondándole las narices, a tratar inútil-
mente de llenar aquel vacío creciente con programas
de telerrealidad y caricaturas procaces que sus abuelos
reprobaban, y pilas de galletas y pastelillos industriales
y enormes cuencos de cereales remojados en leche,
para luego huir escaleras arriba y encerrarse en su
cuarto climatizado, a tirarse de pedos y mirar porno-
grafía en la nueva computadora portátil que los viejos
le regalaron por su último cumpleaños y cuya memoria estaba casi saturada de videos lúbricos que
Franco descargaba de foros y páginas selectas, imágenes de tetas y rajas y culos que ya para entonces comenzaban a chocarle, pero que miraba de todas formas,

durante horas enteras, por mera costumbre. ¿O qué más podía hacer para calmar ese ardor que lo quemaba por dentro, desesperante?

Porque algo extraño le venía pasando al gordo infecto desde la llegada de la señora Marián a su vida: todo el porno que miraba le parecía una plasta, un fraude grotesco; las viejas que se abrían de patas, los batos que se las metían, todos plásticos y desganados en sus gestos, pura pinche decepción y sinsentido. Aquella morocha de cabello corto, por ejemplo, la que durante meses despertó en Franco un ardor rayano en la idolatría debido a su presunta predilección por los adolescentes vírgenes, ahora le parecía una furcia cualquiera sacada de un picadero de drogadictos, demasiado joven de entrada para representar a una asaltacunas convincente, carente por completo del garbo y la clase que la señora Marián derrochaba hasta cuando llevaba a cabo las actividades más insulsas: sólo había que verla recargada contra la barra de la cocina mientras hablaba con alguna amiga por el teléfono inalámbrico, sosteniendo un cigarrillo entre sus dedos extendidos, el dorso de su piel descalzo acariciando la lisa, lisa superficie de su otra pantorrilla bien torneada. Nada que ver con las farsantes que hasta entonces Franco había deseado con pasión y locura pubescente; como aquella otra, la primera de una larga lista de actrices porno que obsesionarían al gordo desde que a los once sus abuelos instalaron internet en la casa: la rubia madurita de ojos celestes que chillaba y reía, sus grandes tetas sonrosadas colum-piándose en el aire, mientras una panda de malandros la embestía simultáneamente. ¡Cuántos chaquetones maniacos no le habría dedicado Franco a la suripanta esa, la misma que ahora, al volver a esos mismos vi-deos, los más antiguos del historial de su compu, le parecía una bruja demacrada, espantosa y repelente, con los dientes despostillados y la piel descolorida, surcada de venas verdes como salamanquesa! Nada que ver con la tez dorada de la señora Marián aso-leándose bocabajo junto a la alberca, los listones de su corpiño desatados para no dejar marcas sobre su espalda divina, y aquella cola suculenta, gloriosamente colocada a la altura de los ojos de Franco, tan real y tan cercana que habría bastado con nadar hasta la orilla de la piscina y extender una mano fuera del agua para comprobar su tersura de durazno maduro: el culo perfecto que reducía a la nada a los demás culos del mundo, y que algún día, quién sabe cómo, o cuándo, o en qué circunstancias, sería suyo, nada más que suyo para ponerle las manos encima y estrujarlo y morderlo y pasarle la lengua y atravesarlo sin piedad hasta hacerla llorar de gusto y espanto, repitiendo su nombre, *Franco*, con la reata bien clavada hasta las ca-chas, *Franco*, suplicando que le diera más duro, *Franco*, *más fuerte*, *papacito*, hasta hacerla venirse en múltiples orgasmos y chorrearla de semen caliente para luego volver a rempujársela, toda la noche sin pausa en su mente retorcida, y todo el día también, si se podía, cuando los abuelos se largaban al club los fines de semana y el gordo podía encerrarse en su cuarto sin que nadie lo estuviera chingando, a mirar su porno con audífonos y remendar los manoseados videos con escenas de su propia cosecha, superponiendo el rostro de la señora Marián encima de los vulgares rasgos de las encueratrices, la verga fierruda en la mano, los pantalones enroscados en los tobillos, susurrando una y otra vez su nombre, invocándola con las ingles y los párpados cerrados y los dientes rechinando, cruzando la distancia que los separaba como un fantasma que de pronto se desprendía de la inmensa mole de carne que yacía sobre la cama, y volaba, ingrávido, atravesando la ventana de su cuarto y las paredes de la casa vecina, buscándola por todas partes hasta encontrarla, sentada en la sala en compañía del marido y de los hijos: él en un extremo del sillón y ella del otro lado, los dos escuincles en medio, recostados entre cojines, la cabeza del más pequeño apoyada en una de las deliciosas tetas de la señora, a medias descubierta por el camisón ligero, los labios del chiquillo somnoliento muy cerca del pezón oscuro que se trasluce bajo la tela, un botón de carne suave que se endurece cuando Franco lo toca con sus dedos invisibles, tímidamente al principio, con más rudeza al oírla suspirar y removerse en su asiento, excitada por aquel manoseo, el cosquilleo que de pronto se vuelve más brusco, más húmedo, una boca ectoplásmica que chupa y muerde con avidez y que termina por hacerla soltar un gemido involuntario. ¿Qué pasaba?, se preguntaría. ¿Por qué de repente tenía la vulva empapada? ¿Por qué su pecho latía con un placer desconocido, si sólo estaba sentada en la sala de su casa, mirando un programa de concursos con su marido y sus hijos? ¿Y qué demonios era esa fuerza impaciente que la forzaba a separar los muslos, que la penetraba con deliciosa violencia y la hacía manotear y retorcerse y finalmente estallar en un clímax estrangulado, ante los rostros preocupados y boquiabiertos de los miembros de su familia? La verga de Franco latía y de la punta brotaba un listón de leche que se enredaba entre sus dedos adormecidos, dedos que de pronto ya no eran el coño apretado de la señora Marián o su culo fruncido, sino sólo sus dedos de gordo, mugrosos de pringue y de queso en polvo; dedos impacientes que eventualmente al poco rato volvían a trepar por sus ingles y reanudaban el tironeo compulsivo, esta vez imaginándose que se encontraba a solas en presencia de la señora, en la recámara principal de los Maroño, ella sentada en la orilla de la cama, Franco de pie con las manos en los bolsillos y la cabeza gacha después de haberse atrevido a confesarle su secreto: el ansia, la angustia que sentía, la vergüenza que le daba decírselo, la sensación de que se moriría si no lograba pronto aplacar su deseo, mientras la señora Marián asentía, dulce y complaciente, y extendía una grácil mano para tocar el miembro del gordo por encima de sus bermudas. No había de qué preocuparse, le diría, frotando la erección que deformaba la tela. Por supuesto que ella entendía lo que Franco estaba sufriendo: un animal como ése, descomunal en tamaño y dureza, debía ser saciado regularmente, le explicaba, con el tonito dilecto con el que amansaba los berrinches de sus hijos. Había hecho lo correcto en decirle; ella lo ayudaría cada vez que se lo pidiera, y con sus delicadas manos le desataba el cinto y le bajaba la bragueta y procedía a ordeñarlo con celo y cuidado, envolviendo por completo su miembro, desde la punta hasta la empuñadura, con sus hermosos dedos de uñas coloridas, gozosa de ternura y entusiasmo, mientras Franco apretaba los dientes y meneaba las caderas en espasmos imparables que terminaban salpicando el rostro sonriente de la señora, sus labios entreabiertos, solferinos, y así durante horas enteras, una fantasía tras otra —la sorprendía desnuda en la alberca, o atada de pies y manos en el suelo de la cocina, o recién salida de la ducha, el pubis mojado, los pezones erguidos— hasta que el ardor de la uretra le impedía seguirse frotando y finalmente se quedaba dormido, la angustia momentáneamente drenada de su cuerpo, al menos hasta la mañana siguiente, cuando lo primero que hacía al abrir los ojos era correr hacia la ventana de su habitación para sorprender a la vecina saliendo de su casa en ropa deportiva, subiendo a la camioneta para llevar a sus hijos al colegio, los dos escuincles uniformados y relamidos y visiblemente descontentos, y luego marcharse al gimnasio o al salón de belleza, a hacer sus cosas de señora que al gordo le habría encantado observar de cerca, de haber podido acompañarla, o de plano seguirla a bordo de un automóvil, como un espía de película.

Pero no había manera de que los abuelos le aflojaran la nave por puro gusto, a pesar de que el marrano tenía permiso y toda la cosa; su padre le había enseñado a manejar desde muy chico. El pedo era que los rucos seguían emputados con él porque lo expulsaron de la escuela, al grado de haber cancelado las vacaciones en Italia que la abuela llevaba meses organizando, y en su lugar ahora planeaban visitar una horrenda academia militar en Puebla que prometía meter al gordo en cintura en menos de medio año. Tampoco le daban permiso de acudir a fiestas ni le soltaban un solo quinto de mesada, aunque el gordo siempre se las ingeniaba para sacarles dinero, metiéndole el dos de bastos a la billetera del abuelo tan pronto el ruco se descuidaba, o rapiñando regularmente el alhajero de terciopelo de la abuela, quien siempre culpaba a las efímeras sirvientas que desfilaban por aquella casa —ninguna lograba aguantar mucho tiempo el carácter avinagrado de la vieja— de la súbita ausencia de pequeñas piezas de joyería: cadenitas de oro bajo o pendientes de mal gusto regalados por alguna parienta pobretona, baratijas de compromiso que la abuela nunca usaba, que tardaba meses en echar en falta y que el gordo malvendía a escondidas en la casa de empeño del centro comercial donde a veces desayunaban en familia; robos francamente pedorros que el gordo presumía como si fueran atracos bancarios, tal vez para impresionar a Polo y hacerle creer que Franco Andrade era un bato cabrón que todas las podía, un facineroso de cuidado, un rebelde temerario que despreciaba las leyes de la sociedad y las buenas costumbres, cuando en realidad lo único que Polo pensaba era que el gordo era un chamaco cagón y puñetero, un pendejo consentido que no sabía hacer nada más que jalarse el pellejo el día entero pensando en las nalgas de la vecina, que por cierto ni siquiera estaba tan rica como el bato pensaba, la neta, pero eso Polo nunca se lo decía.

Polo nunca le decía nada al gordo cuando chupaban; nunca expresaba lo que verdaderamente pensaba del bato y de sus ridículas fantasías con la señora de Maroño, al menos al principio, durante las primeras pedas que se pusieron en el muelle, cuando el gordo se ponía bien bombo y pasaba *horas* contándole a Polo, con lujo de detalle y sin el menor asomo de vergüenza, cualquier clase de marranada que le pasara por la mente, sobre el porno que miraba o las veces que se masturbaba al día, o las cosas que pensaba hacerle a la señora Marián cuando al fin pudiera ponerle las manos encima, por las buenas o por las malas, mientras Polo nomás asentía y se reía entre dientes y bajita la mano se chingaba él solo tres cuartos de botella de ron que el gordo había patrocinado, dándole por su lado al baboso sin abrir la boca más que para beber de su vaso de plástico y soplar el humo del cigarro hacia arriba, para ahuyentar a los mosquitos que giraban en nubes vertiginosas sobre sus cabezas, asintiendo ocasionalmente para darle la impresión al gordo de que realmente lo estaba escuchando, de que incluso lo *entendía* y no estaba ahí nomás por *puro méndigo interés*, ¿verdad?, por la botella de bacacho y el cartón de chelas sudadas y los cigarros, y sobre todo para no tener que regresar a casa *sobrio* mientras su madre y la golfa de su prima siguieran despiertas, esperándolo.

Por eso lo hacía, en realidad, por eso se demoraba escuchando los chismes de los vigilantes, en vez de pelarse en chinga para Progreso. Así le daba chance al gordo de esconder el varo entre los tallos de las isoras que cercaban el jardín frontal de los Andrade y hacerle señas a Polo desde la ventana de su cuarto para que fuera a recogerlo. A veces Polo encontraba billetes en los arbustos; a veces nomás unas cuantas monedas. Daba un poco lo mismo porque de todas formas siempre se las apañaba para bajar en bicla a la tienda de conveniencia y regresar con algo que los pusiera bien burros: un pomo y refrescos y vasos desechables cuando había fondos suficientes, o latas de cerveza y cigarros sin filtro cuando estaban de promoción, o de plano un cuarto de aguardiente de caña y un cartón de jugo de naranja cuando el botín era más bien escaso. Personalmente, Polo prefería el ron blanco con refresco de cola por encima de cualquier otra bebida, pero ya encarrerado el ratón le daba lo mismo entrarle a cualquier menjurje, con tal de que le dejara la cabeza zumbando y el cuerpo agradablemente entumecido. Entonces ya no importaban las sandeces que el gordo vomitaba, ni el bochorno irrespirable que transpiraba el manglar que los envolvía, ni el ataque artero de los jejenes y los chaquistes, ni la inquietante presencia de la casona susurrando a sus espaldas, aquella mole de ladrillos oculta tras la maleza del terreno agreste que Polo debía cruzar para llegar al embarcadero y reunirse con el gordo, la única manera de volver a entrar al fraccionamiento una vez que había checado su salida. Porque convencer a los empleados de la tienda de que le vendieran alcohol sin credencial para votar ni licencia de conducir era cosa regalada; Polo era alto, de semblante siempre huraño, y aparentaba más edad de la que verdaderamente tenía; el pedo era meterse de vuelta con el chupe, sin que lo vieran las cámaras o los vigilantes, cortando camino a través de las matas y las enredaderas que poblaban el terreno contiguo, hasta llegar a la orilla del río, donde las nervudas ramas de un amate torcido le servían de puente para alcanzar el muelle sin tener siquiera que mojarse los zapatos. La cosa era que, para llegar al árbol, Polo debía pasar junto a la casona de la Condesa y sus dos pisos de ruinas enmohecidas, de las que se contaban muchas historias inquietantes en el pueblo, justo cuando el sol comenzaba a desaparecer tras la línea de palmeras que se alzaba del otro lado del río, haciendo que las sombras se alargaran y que el aire se llenara de extraños susurros y los chillidos ansiosos de las aves anunciando su retirada, y debía pasar junto a los negros ventanales derruidos de la casona, empujando el manubrio de su bicicleta, la bolsa de plástico con el chupe balanceándose y tintineando, la mirada clavada en la alfombra de hojas secas que crujía bajo sus pies, para no tener que mirar la fachada de la casa. Porque él ya sabía que no habría ningún fantasma asomado por los boquetes de las ventanas, ninguna mano espectral haciéndole señas para que se acercara; ya sabía que aquel misterioso ruido como chasquidos era el reclamo de las cuijas que anidaban entre las piedras múcaras, y que el murmullo inquietante que le erizaba los pelos de la nuca provenía de la brisa que cada tarde subía del río y hacía cascabelear las vainas de los guajes que crecían intramuros. Sabía perfectamente que no había peligro real en aquellas ruinas, ningún foso de cocodrilos hambrientos oculto entre las paredes roñosas y los helechos voraces, pero cómo le costaba sacarse de la cabeza las historias que las viejas argüenderas de Progreso le habían contado sobre la Condesa Sangrienta cuando era apenas una criatura, y la verdad era que lo único que le impedía tirar la bicicleta y la bolsa con el chupe y salir por piernas despavorido era la imagen de lo puto que se vería si llegaba a hacerlo, así que quién sabe de dónde sacaba fuerza y coraje para seguir avanzando paso a paso hasta llegar al amate que crecía en la orilla del río, sin mirar atrás ni una sola vez, ni delatar el miedo que sentía mordiéndose los labios como cobarde, no fuera que alguien lo estuviera espiando en aquel mismo momento y se cagara de risa ante su falta de agallas. Por eso se ponía a beber enseguida, inmediatamente después de instalarse en el embarcadero: podía más la perra sed que el miedo de ser sorprendido por algún residente o por el imbécil de Urquiza. Entonces destapaba una cerveza, o mejor aún, apuraba un buen trago directamente de la botella para empezar a sentir el alivio cálido, algodonoso, que envolvía su cuerpo entero y lo protegía de los bordes ásperos del mundo, y sacaba un cigarro del paquete recién abierto y lo encendía con los ojos fijos en el perezoso cauce del Jamapa, en las aguas pardas ocasionalmente surcadas por murciélagos tempraneros, hasta que los latidos de su corazón se calmaban y Polo podía entonces volver la cabeza y echar un rápido y casual vistazo hacia las ruinas, parcialmente cubiertas por las ceibas y los aguacates silvestres del terreno, y comprobar que los hoyos de las ventanas seguían siendo boquetes vacíos donde ningún rostro sanguinolento se asomaba, y entonces soltaba una risita de alivio, se empujaba otro trago y comprobaba con regocijo que las luces de Progreso, al otro lado del río, se iban encendiendo, y toda la angustia que había sentido al cruzar el terreno, todo el cansancio que lastimaba sus músculos exhaustos, y hasta la mala suerte que parecía perseguirlo desde la muerte de su abuelo, todo se disipaba en el aire tras exhalar un hondo y sentido bostezo. Se recostaba contra la gruesa rama del amate y cerraba los ojos y respiraba el tímido perfume de los lirios, y sin quererlo, sin poder evitarlo tampoco, caía en el mismo pinche error que siempre cometía cuando se sentía dichoso, el mismo: desear que aquel momento de solitaria paz no se acabara nunca. Porque claro, invariablemente después de eso el pinche gordo de mierda hacía su aparición en el muelle, resoplando como paquidermo por el esfuerzo de bajar los escalones de madera, con su estúpida sonrisa de comercial de pasta de dientes pegada en la jeta y las mismas babosadas de costumbre, la neta, *la misma* sarta de pendejadas sobre cómo pensaba fornicarse a la señora, por las buenas o por las malas, hasta dentro y sin saliva, etcétera, puras pinches fantochadas que no tenían el menor sentido porque no hacía falta ser adivino para comprender que aquello jamás ocurriría, que era totalmente ridículo e improbable que una doña tan mamila consintiera en prestarle las nalgas a un chamaco todo zonzo y repulsivo como Franco Andrade. ¡Ni en sus sueños más pinches húmedos, vaya!, pensaba Polo, y se ahogaba con el humo del cigarro en un intento por disimular su risa mientras el gordo proseguía con sus chaquetas mentales y Polo entonces se aplicaba en empedarse a gusto, porque entre más mamadas dijera el gordo, más recio podía entrarle Polo al chupe, y así había sido desde el principio, desde la primera peda que se pusieron juntos, en las postrimerías del cumpleaños del malcriado de Micky, aquella tarde de junio en que Polo estaba hasta su puta madre de Páradais y de los residentes y del imbécil de Urquiza y tenía deseos de mandarlo todo a la chingada, y el gordo le ofreció un trago de whisky en el muelle, a donde Polo había huido a esconderse un rato del borlote de la fiesta y fumarse la magnífica colilla —casi un cigarro entero, apagado limpiamente y sin asquerosas manchas de pintura de labios en el filtro— que había pepenado del suelo, y sobre todo para evitar que la señora Marián lo pusiera a zangolotear la cuerda de las piñatas para diversión de los estúpidos engendros. Quería guarecerse un rato del gentío, fumarse el cigarro en soledad, sin prisas, pero cuando descendió de un salto los últimos tres escalones y aterrizó en el embarcadero, el cigarro ya encendido entre sus labios apretados, se topó con el gordo acaparando su escondite favorito, vestido apenas con un ajustado traje de baño, los pies descalzos colgando sobre el agua, y por un momento, por un embarazoso instante que se prolongó varios segundos, Polo creyó que aquel ropero de chamaco estaba *llorando*, porque sus anchos hombros se sacudían y sus ojos azules —cuando alzó la mirada para toparse con la de Polo— lucían rojos y humedecidos, y Polo estuvo a punto de darse la vuelta para dejar al bato solo con sus mariconadas, pero entonces descubrió la botella en el regazo del escuincle, y la sonrisa maliciosa que se pintó en su rostro mofletudo. ¿Quieres?, le ofreció el gordo con su cagante voz de pito. Te doy un trago si me das un cigarro, propuso, pero Polo no dijo nada, nomás se quedó mirando la botella, la marca en la etiqueta, que ya había visto antes, en otra botella igualita que pisó al subirse a la camioneta de Milton, la última vez que se vieron, antes de que Milton volviera a desaparecer del pueblo por andar en el jale con *aquellos*. El mejor del pinche mundo, había dicho su primo, su casi hermano, cuando Polo alzó la botella con la que casi se rompe su madre al subir a la camioneta. La pura *pura* sabrosura, papirrín, había dicho Milton: lo único que sus patrones chupaban y que según encargaban por cajas que llegaban directamente desde Inglaterra; nada que ver con la cerveza y la charanda que él y Milton bebían en la trastienda de doña Pacha, aunque a esas alturas de la vida Polo gustosamente se habría conformado con cualquier trago que le invitaran, cualquiera, la neta, incluso hubiera sido capaz de empujarse unos tragos de *veneno*, el infame aguardiente que su abuelo preparaba con alcohol del 96 y los frutos mosqueados que daba el nanche del patio de la casa, básicamente porque hacía ya casi un mes que no probaba una sola gota de alcohol, desde que había hecho la pendejada de jurarle a su madre que ya nunca se empedaría, o más bien desde que su madre lo había obligado a prometerle que ya no bebería alcohol por el resto de su vida, y durante veintisiete días había resistido valientemente, sobre todo porque su madre se agenciaba su salario completo, y porque Milton seguía desaparecido del pueblo, y de todas formas su nuevo horario de chambeador y persona responsable le impedía frecuentar la trastienda de la Pacha, donde habría podido mendigar unos tragos de caguama aunque no tuviera dinero; y es que la verdad no pasaba un solo día sin que Polo no pensara en empedarse, a pesar de su promesa, y aquella tarde a principios de junio, durante la fiesta del tarado de Micky Maroño, había llegado al límite de su paciencia y no podía dejar de pensar en mandarlo todo al carajo de una vez, renunciar ese mismo día a esa chamba miserable y malpagada, y de paso romperle el hocico al imbécil de Urquiza, meterle un par de guantes en su jeta de mamador cara de huevo: a ver quién lava ahora tu carro, pinche mayate; a ver quién es el pendejo que se queda esperando a recoger el tiradero, y sin cobrar un puto peso extra por las horas adicionales. Una pinche injusticia, eso es lo que era, tener que pasar horas enteras nomás esperando a que los residentes y los gorrones de mierda de sus invitados se largaran, para empezar a recoger su mugrero: sus latas de cerveza, sus servilletas manchadas de pringue, sus platos de cartón con restos de comida y las colillas aplastadas en el suelo, incluso flotando en el azul cobalto de la alberca iluminada. ¿Qué le costaba a esa gente depositar su basura en los botes repartidos por toda la terraza cuando terminaban sus fiestas? Nada, no les costaba nada, en realidad, pero por qué habrían de tomarse la molestia de hacerlo si ahí mismo estaba Polo, su fiel *muchacho*, esperándolos en la oscuridad con una inmensa bolsa de basura en la mano, aburrido como ostra, salivando ante el picante aroma de la carne asada y la visión de las tinas de aluminio repletas de hielo y cervezas, esperando a que todos se largaran para empezar a limpiar su cochinero. El imbécil de Urquiza había sido claro al respecto, desde el primer día en aquella chamba de cagada: era responsabilidad del jardinero asegurarse de que la piscina estuviera limpia en todo momento, libre de hojas, insectos o cualquier clase de desechos, y que la terraza se encontrara barrida y escombrada y su mobiliario colocado en el sitio que le correspondía a primera hora de la mañana, para que los residentes madrugadores —entre ellos los vetustos y quisquillosos abuelos del marrano, por supuesto— pudieran remojar sus lívidas carnes en el agua refrescada por el sereno, aunque eso significara que Polo tuviera que estarse en el fraccionamiento hasta las once o doce de la noche los fines de semana, o a la hora que a los risueños festejantes se les hincharan los pinches huevos, una situación que ya tenía a Polo hasta su mismísima madre, porque si bien normalmente siempre andaba buscando pretextos para llegar tarde a su casa, lo que más le cagaba era la prepotencia con la que Urquiza violaba el contrato que Polo había suscrito semanas atrás con la Compañía Inmobiliaria del Golfo, S. A. de C. V., donde claramente se estipulaba que los servicios que prestaría eran los correspondientes al puesto de jardinero, con horario laboral de siete de la mañana a seis de la tarde y una hora libre a mediodía para el almuerzo, y que cualquier tipo de actividad extemporánea sería debidamente remunerada según la legislación oficial vigente, cláusula que, por supuesto, el culero de Urquiza se pasaba descaradamente por el ano con tal de ahorrarle a la Compañía unos cuantos pesos, o tal vez para clavárselos él mismo, como le advirtieron los vigilantes, a quienes a menudo les aplicaba la misma maniobra; más le valía andarse cuidando para no perder la chamba, decía Cenobio, y Polo aguantaba vara, aunque eso significara tener que deslomarse el día entero regando y cortando el césped, ocupándose de podar los árboles y arbustos del parque, atusar los arriates y parterres, barrer las hojas secas de las cuatro calles adoquinadas del fraccionamiento, apalear la arena que se acumulaba en los bordillos en días de viento, raspar y pintar las luminarias que el salitre carcomía, matar a toda tuza que se atreviera a excavar en los jardines, levantar las cagadas de perro que los conchudos residentes eran incapaces de recoger ellos mismos con sus manitas inmaculadas cuando sacaban a pasear a sus bestias, además de mantener impecable la zona de la terraza y de la alberca, y encima —y esto era lo que ponía a Polo a escupir gargajos de jugo gástrico de lo encabronado— lavar diariamente el carro del hijo de su puta madre huevón de Urquiza, nada más porque el bato podía obligarlo y porque le mamaba que su Golf rojo resplandeciera como recién salido de la agencia, decía el imbécil. Pero que no te quite el tiempo, ¿eh? Ahí tú lávalo cuando tengas un chancecito, no urge ni nada, ¿eh?, le decía, todo sonriente, el pendejo, mientras le arrojaba las llaves para que Polo pudiera aspirarlo por dentro. ¡Qué ganas le daban de sorrajarle aquellas llaves en la jeta y decirle: lávalo tú, hijo de tu pinche madre, para acto seguido desenfundar el machete que llevaba al cinto y partirle la cabezota de huevo de sólo un tajo! Polo no era una persona violenta, propensa a estallidos de furia, eso podían preguntárselo a quien quisieran: todo el mundo les diría que Polo era un bato bien tranquilo, un muchacho que no tenía broncas con nadie ni se metía en pedos que no eran suyos; lo que pasaba era que Urquiza era un pasado de lanza, un aprovechado que pensaba que podía hacer lo que quisiera con el tiempo de Polo nomás porque lo veía chico y pueblerino, sin estudios ni experiencia alguna, y el bato encima actuaba como si le estuviera haciendo un favor dándole aquella chamba, pero Polo no se dejaba engañar, él bien sabía que aquello era una vil injusticia; no eran ideas suyas, ni pretextos para echar la hueva, ni ganas de generar conflictos a lo pendejo, como aseguraba su madre, cada vez que lo oía rezongar de la chamba, o a veces incluso sin que Polo dijera nada, nomás porque lo encontraba suspirando con pesadumbre en la cocina, sentado frente a un vaso de agua con dos alkaséltzers disolviéndose en el líquido, el desayuno de campeones con el que Polo agarraba valor para emprender una nueva jornada de fatigosas labores bajo los rayos del sol, en esta nueva etapa de su vida como asalariado de la Compañía Inmobiliaria del Golfo, donde su propia madre laboraba también desde hacía dieciséis años, primero como sirvienta en casa del ingeniero y luego como afanadora del complejo de oficinas de la empresa y más tarde, después de interminables cursos nocturnos en el centro de Boca, como auxiliar contable. Para eso te pagan, lo sermoneaba su madre cada mañana, para que hagas lo que te dicen y te calles el hocico; a ti qué te importa si son pendejadas, para eso te contrataron: para que obedezcas, no para que andes rezongando. Apenas entraste y ya quieres que te pongan de patrón, si no sabes hacer nada. ¿No que muy machote, no que muy chingón? Muy hombre para andar de parranda, pero pal jale eres un pinche huevón, vergüenza te debería de dar. En esta vida las cosas se ganan, cabrón, con trabajo y esfuerzo y no doblando las manitas a la primera que no te gusta algo. ¿O fue mi culpa que te corrieran de la escuela? Dime, ¿yo te obligué a irte de pinta y tronar las materias por andar de pedote? Tuviste chance de hacer estudios, más chance del que yo tuve, o del que tuvo tu pobre abuelo que en paz descanse, y la cagaste, cabrón, la cagaste por pendejo y por huevón y ahora te toca chingarte, el mismo rollo de siempre, la misma cagotiza que su madre le ponía todas las mañanas sin falta, se quejara o no de la chamba, tras olisquear en el aire el dejo de patética resignación que Polo despedía en la mesa del desayuno nomás de pensar que tendría que pedalear hasta Páradais.

Por eso había estado a punto de mandarlo todo a la goma aquel sábado, no sólo porque tenía que permanecer en el fraccionamiento hasta que la fiesta del mocoso terminara para recoger el marranero, sino también por algo que le había pasado ese mismo día, horas antes de que la piñata comenzara, cuando Polo se encontraba en la terraza, peinando la superficie de la alberca con la red saca hojas y pensando en los huevos del gallo mientras una cuadrilla de empleados de una empresa de banquetes iba y venía por el jardín, instalando mesas y sillas y carpas y hasta una extensa lona de colores que terminó convertida, después de enchufarle una bomba de aire, en un imponente brincolín-castillo, una cosa formidable con torres y almenas y banderines y toboganes y hasta un puente levadizo, una estructura colosal a la vez que volátil y etérea, que daba saltos en el aire cada vez que soplaba la brisa del río, como si quisiera escaparse, y Polo estaba tan entretenido observando los esfuerzos de los empleados por sujetar el castillo con cinchos y estacas que no se dio cuenta de la presencia de la señora Marián hasta que olió su perfume en el aire, y se dio la vuelta para topársela de frente, el cuerpo de la doña a pocos centímetros del suyo, el rostro encendido y descubierto, los labios pintados de sangre, como vampira, los eternos lentes oscuros colgando de una fina cadena de oro que pendía entre sus tetas. Iba vestida de mezclilla y llevaba algo en sus manos, un pequeño sobre color manila que le extendió a Polo sin decir palabra, ensanchando su impúdica sonrisa cuando vio que el muchacho no podía tomarlo pues tenía las manos ocupadas con la red, así que decidió meterlo ella misma en el bolsillo del peto de su overol de trabajo, con una risita tonta y un "por las molestias" musitado con falso recato, antes de volverle la espalda y alejarse con su habitual contoneo a supervisar las labores de su recién adquirida sirvienta, una muchachilla de escuálido aspecto ratonil que en aquel mismo instante se entregaba con torpeza a la misión de vestir con fundas y moños las sillas para el convite. A Polo aquella escuincla le pareció conocida, como que la había visto antes, en la escuela del pueblo tal vez, pero no se atrevió a mirarla con mucha insistencia, no fuera a pensar la *patrona* que la estaba mirando a *ella*, de modo que siguió en lo suyo como si nada, limpiando la alberca con fingida placidez, aguantándose las pinches ganas de meter la mano al bolsillo del peto para tocar el sobre y tratar de adivinar lo que había dentro, hasta que llegó la hora del almuerzo y entonces pudo encerrarse en el diminuto sanitario de la caseta de vigilancia, sacar el sobrecito aquel y mirar su nombre escrito en una de las caras, con plumón color morado, salpicado de brillantina, y contemplar los dos billetes de doscientos pesos que contenía, crujientes y planchados como acabados de salir del cajero automático: la paga extra con propina incluida que el imbécil de Urquiza le escamoteaba por transa y por la que Polo había rezongado entre dientes cada vez que tenía que quedarse hasta tarde a limpiar el cochinero de las parrandas; un aliviane magnífico con el que no contaba y que por lo tanto no tendría que reportarle a su madre. Podría gastarse el varo completo en lo que se le diera su rechingada gana: en cigarros, por supuesto, o en un par de botellas de bacacho, y chance aún le quedaría algo para comprar unos pesos de crédito y mandarle un mensaje a Milton para que se reportara. Pero al mismo tiempo que hacía planes, emocionado por todo lo que podría hacer con esa lana imprevista, un dolor sordo comenzó a perforarle el pecho, y momentos después se encontraba doblado frente al inodoro, devolviendo una espadañada de bilis que le golpeó la garganta en espasmos de tos convulsa, nomás de recordar la cara de la estúpida vieja aquella mientras le metía el sobre en el bolsillo del peto, y la sonrisa que Polo, como un tarado descerebrado, se había visto obligado a devolverle, sin pensar siquiera en lo que hacía, sin poder evitar que los músculos de su cara se crisparan a pesar de lo mucho que detestaba los aires de gran señora de la puta esa, y la desfachatez con la que lo había tocado, porque al chile era mil veces más fácil aguantarse las ganas de mirarle el rabo cuando salía a correr en shortcitos por el fraccionamiento, que resistir el impulso de sonreírle de vuelta cuando ella le sonreía a uno, así de magnética era, de engatusadora; le darían la razón enseguida, si la hubiera conocido en persona y vivido en carne propia el influjo de sus artes serviles. ¿Por qué chingados no le había devuelto el sobre inmediatamente, diciéndole, con todo el desprecio del que era capaz: *no necesito sus limosnas, muchas gracias?* ¿Por qué no se lo había arrojado a la jeta después de escupirle que no era más que una golfa, una mantenida que se creía la muy respetable nomás por andar regalando el dinero que le sobraba a su marido? ¿Y por qué chingados no le había dado ella los billetes en la mano, como la gente normal? ¿Temía acaso ensuciarse con la mugre de Polo, contagiarse por contacto de su naquez y pobreza? ¿Creía la muy hija de la chingada que ahora ya lo tenía comprado, que tendría derecho a exigirle lo que quisiera y humillarlo como Urquiza, ponerlo a lavar su camioneta blanca, o el auto deportivo del marido? ¿Qué chingados se creía que era? Seguramente la reina del mundo, a juzgar por su aspecto esa tarde, cuando la fiesta dio puntual inicio y ella apareció ataviada con un vestido rojo con manchas azules y verdes, y aretes de diamantes que resplandecían en sus orejas cuando se apartaba la melena castaña del cuello. Durante toda la tarde Polo se empeñó en ignorarla, pero era como si algo se la pusiera enfrente a cada momento; volteara a donde volteara, ahí estaba la pinche vieja, repartiendo besos y achuchones entre las hordas de chiquillos que corrían en traje de baño y las mujeres envueltas en estampados de inspiración tropical, tan maquilladas y esbeltas como la propia anfitriona, los cabellos lisos e inertes, atildados y muertos como pelucas, los maridos igualmente ridículos a la zaga, vestidos con polos rosas y camisas pasteles, pantalones brinca-charcos y mocasines marrones, bronceados por el golf, las barbas y las cejas pulcramente arregladas, un corrillo de voces engoladas y hielos tintineantes reunido en torno al chaparro engreído de Maroño, quien se pasaría la fiesta entera tomándose fotos y discurriendo de política y negocios en la rebuscada lengua de los mamadores profesionales ante aquel público zalamero que no dejaba de chutarse vaso tras vaso de su mejor whisky importado, ni de lanzar miradas furtivas al tremendo culazo de la anfitriona, mientras sus vástagos chillaban y saltaban como energúmenos entre los tambaleantes muros del castillo inflable y corrían a tirarse de cabeza a la alberca, lanzando alaridos de gozo suicida apenas audibles bajo el estruendo de la música que tronaba desde las bocinas instaladas en la terraza. Y llegó un punto, por ahí de las seis de la tarde, en que Polo francamente ya no pudo soportarlo: tanto ruido, tanta gente, sus propias tripas macerándose en el jugo de su rabia, y encima los berridos delirantes del cumpleañero, tirado de bruces sobre el pasto, pataleando a lágrima viva porque había llegado la hora de romper las piñatas pero él no quería que *nadie* las tocara porque eran *suyas*, y en medio de aquel desconcierto, y antes de que a la pinche doña se le ocurriera enjaretarle la indigna tarea de zangolotear las piñatas como idiota, Polo aprovechó para hacer mutis y desaparecer detrás de la barrera que Urquiza le había ordenado colocar aquella misma mañana frente a los escalones que conducían al muelle, no fuera a ser que algún escuincle curioso bajara hasta el río y cayera en las aguas del Jamapa, que todos en aquel fraccionamiento creían peligrosas, infestadas de bacterias y parásitos y amenazadoras pozas donde sus preciosos vástagos podrían perecer ahogados, puras creencias pendejas que Polo aprovechaba para bajar ahí de vez en cuando y disfrutar unos momentos de soledad sentado en aquel muellecito de maqueta —más un capricho decorativo del arquitecto que diseñó el residencial que un verdadero embarcadero—, a mirar el agua verdigrís de la corriente, y tal vez fumarse un cigarrito en santa paz, como esa tarde del cumpleaños de Micky, cuando bajó las escaleras de dos saltos, la colilla ya encendida entre sus labios, y se encontró con el gordo de los ricitos rubios, sentado en traje de baño sobre el muelle, la timba desnuda, los pies colgando sobre el agua y la cabeza gacha, y por un segundo, en la penumbra del ocaso inconcluso, entre aquel verdor perenne que los rodeaba, Polo pensó que el gordo estaba llorando, seguramente a causa de las humillaciones sufridas durante la fiesta, las cuales el mismo Polo había atestiguado con cierto gozo malsano porque, aún siquiera sin conocerlo personalmente, la verdad era que Franco Andrade le caía en la punta de la verga y había sido realmente entretenido ver cómo el jotito de Andy y la flotilla de pubertas belicosas que el escuincle comandaba se trajeron jodido al gordo durante toda la fiesta a base de almendrazos, lanzándole con saña, a la cabeza y al rostro principalmente, los duros frutos verdes que las mocosas arrancaban de las ramas bajas de los almendros del parque, un ataque artero que duró varias horas y que ni uno solo de los adultos presentes trató de detener, tal vez porque estaban demasiado ocupados despachando el whisky y el vino blanco de los Maroño y parloteando necedades, o tal vez porque en el fondo ellos mismos también encontraban ridículo e insoportable al gordo ese, y hubieran preferido que se largara con sus lonjas y sus barros supurantes y sus tristes tetas de niño obeso que se bamboleaban obscenamente cada vez que se meneaba, y tal vez por eso nadie había hecho nada más que suspirar con alivio cuando Franco Andrade finalmente se esfumó de la fiesta, después de robarse una de las botellas del whisky mamalón de Maroño, o eso fue lo que el chamaco le contó a Polo; sabría la chingada si aquello era cierto o mentira, con el gordo nunca podías estar seguro, el cabrón era mitómano y le encantaba inventarse las historias más inverosímiles, aunque el whisky por fortuna era real, y se lo ofrecía con una sonrisa taimada de dientes perfectos, a cambio de otro cigarro que Polo no tenía, aunque eso no iba a detenerlo de probar aquel brebaje que, incluso a dos metros de distancia, alcanzaba a oler en el aire: virutas de madera fina empapadas en agua salada, así de intenso era el licor y así de perras las ganas que tenía de mamar trago, así que en vez de darse la media vuelta se acercó al ballenato aquel y le ofreció su cigarro encendido. Es el último que tengo, le dijo, la mirada clavada en la botella sobre el regazo del chamaco. El gordo fumó con ansias la colilla y luego la arrojó de un capirotazo al río, a pesar de que todavía quedaba tabaco sin quemar. Hijo de siete vergas, pensó Polo, mientras esperaba a que el gordo de mierda se llevara nuevamente la botella a la boca y bebiera largamente de ella. Es importado, le advirtió, después de soltar una exhalación gozosa y de limpiarse los labios con el dorso de la mano y, finalmente dignarse a extenderle la botella a Polo, quien bebió a pesar de que no confiaba en el gordo para nada, y a pesar de que le había prometido a su madre que no seguiría la senda del vicio que había perdido a su abuelo, y bebió hasta sentir el sosiego cálido del pisto recorriendo sus miembros, pasándose la botella de mano en mano hasta que la vaciaron por completo, y ésa fue la primera vez que el gordo le habló de la señora Marián; puras puñetas mentales que el bato se hacía de que algún día lograría hacer suya a la vieja; ya la estaba trabajando, según decía, porque era notorio el aprecio y la estima que la mujer sentía por él, un cariño y una deferencia palpables en las sonrisas que le dedicaba cuando lo saludaba o se despedía, siempre buscando pretextos para tocarlo, para besarlo en la mejilla, signos claros de que la doña se interesaba por él, ¿verdad? De que no le era del todo indiferente, y cualquier día de ésos las cosas cambiarían entre ellos, ¿no? A Polo aquellas ilusiones le hicieron un chingo de gracia; por Dios que jamás pensó que el bato estuviera hablando en serio. ¿O acaso nunca se había visto en un espejo? ¿De verdad pensaba que una mujer como la señora de Maroño le pondría el cuerno a su marido millonario con un chamaco todo gordo, seboso, cundido de asquerosas espinillas? El muy joto ni siquiera era capaz de sostenerle la mirada a la vieja, Polo se había dado cuenta de eso durante la fiesta. La contemplaba de lejos, a veces con los ojos de un violador perverso, a veces con el semblante indefenso de un cordero degollado. ¿Así era como pensaba conquistarla? Ni aunque la pinche vieja le abriera la puerta en pelotas, como él fantaseaba, ni aunque ella misma le rogara que le metiera la ñonga, ni así sabría el muy pendejo por dónde empezar, no sólo porque era *obvio* que en su puta vida había tenido enfrente la raja viscosa de una mujer dispuesta, sino porque carecía de los huevos necesarios para acercarse a las hembras y domarlas, someterlas, abrirlas de piernas; huevos para tomar cartas en el asunto y no pasarse la vida entera nomás babeando y suspirando como lelo, como el chamaco cagón y puñetero que era. Por eso Polo le seguía la corriente, por eso asentía a todo lo que el marrano decía, por absurdo o descabellado que fuera; él qué chingados iba a saber de lo que el chamaco loco sería capaz de hacer con tal de enchufarse a la vieja. ¿Quién podía pensar que hablaba en serio?

Así empezó todo, les diría. Con esa peda apresurada que a los pocos días repitieron, gracias al dinero que el gordo le chingaba a sus abuelos y con el que Polo compraba chupe, cigarros y esas horrendas frituras cubiertas de polvo naranja que eran la delicia del marrano. Muy pronto se le hizo costumbre: la espera impaciente después del almuerzo, la búsqueda del billete entre los arriates, la tienda de conveniencia hasta el gorro de chambeadores que paraban a tomarse un refresco antes de volver a Boca o a sus comunidades; la angustiosa travesía por el terreno de la casona, la reunión al anochecer en el embarcadero, la beberecua y la fumadera, las estupideces de Franco Andrade, las risas condescendientes de Polo, el sopor paliativo del chupe, que nunca era tanto como a Polo le hubiera gustado, apenas lo suficiente para embotarle los pensamientos y despojar al mundo de sus bordes más aguzados. Por eso bebía tan rápido, como jugando carreritas con el gordo, hasta que la botella o las cervezas y los cigarros se terminaban y ya no había manera de espantar a los zancudos hambrientos, y las luces de Progreso al otro lado del río comenzaban a apagarse, y Polo ya se encontraba lo suficientemente zumbado como para atreverse a penetrar de vuelta en la oscuridad casi absoluta de la maleza y caminar junto a la casona susurrante, empujando su bicicleta por el manubrio y cantando quedito, entre dientes, *voy a llenarte toda, toda,* cualquier tonada que hubiera escuchado en la radio de Cenobio, *lentamente y poco a poco,* por cursi y absurda que fuera, *con mis besos,* para no pensar en la Condesa Sangrienta que mandó a construir aquel palacio solitario entre los manglares del estero, y cuya silueta ensangrentada aún espantaba a los incautos que se atrevían a merodear por esos rumbos, según las viejas argüenderas de Progreso, su madre incluida, por supuesto, hasta que finalmente lograba salir a la calle desierta y, montado en su bicla, descendía veloz la cuesta que conducía a la carretera sin tener que pedalear ni una sola vez hasta llegar al arcén, sudando copiosamente por el bochorno de la madrugada y el esfuerzo de no salirse de la raya y no dejar que el maldito manubrio lo lanzara contra los faros de los pocos autos que circulaban por la carretera. Porque no importaba qué tanto o qué tan rápido hubiera bebido en el muelle, nunca era suficiente para noquearlo por completo y hacerle perder el sentido, mandar a la chingada al mundo entero, desconectarse de todo, liberarse, y muy pronto, demasiado pronto, el preciado estupor que tanto le había costado alcanzar se disolvía en una jaqueca pulsante que se aguzaba cada vez que Polo recordaba que en menos de cinco horas tendría que estar de vuelta pedaleando en esa misma carretera, listo para iniciar una nueva jornada en aquel mugroso fraccionamiento. Por eso, cada vez que cruzaba el puente que atravesaba el río, se detenía unos minutos a mirar las aguas salobres que serpenteaban entre los prados y las villas de lujo y las diminutas islas pobladas de sauces y palmeras despeinadas, apenas visibles contra el lienzo color salmón de la noche iluminada del puerto, allá a lo lejos, y le daba por pensar en el bote que él y su abuelo tendrían que haber construido cuando hubo tiempo, un esquife modesto, nada del otro mundo, con un par de remos potentes, o tal vez nomás una pértiga sencilla con la que tantearían el fangoso lecho del río hasta llegar al centro del estuario, donde pululaban los peces bobo, de bajada de las montañas, y los robalitos, de subida a desovar en la boca del río, o eso era lo que solía decir el abuelo antes de chupar faros miserablemente. Si tuviera el bote, pensaba, ya no tendría que dar aquel fatigoso rodeo en bicicleta cuando iba de Páradais a Progreso y viceversa, o lo que era aún mejor, si su abuelo hubiera cumplido la promesa de enseñarle a construir un bote, si se hubiera tomado en serio aquel sueño que a menudo acariciaba cuando pescaban juntos en el puente, Polo ni siquiera tendría que volver a ese pinche fraccionamiento, ni soportar las afrentas del culorroto de Urquiza: podría dedicarse a pescar en su bote, o pasear turistas en la laguna, o simplemente remontar el río sin rumbo fijo, sin planes ni compromisos, arrimándose a los pueblos de la cuenca cada vez que se le antojara algo y largándose con la misma libertad sin que nadie se lo impidiera; no tendría necesidad de hacer ridículas promesas de abstinencia, ni soportar regaños injustos, humillantes, ni tendría que dormir en el suelo de la sala ni despertarse al amanecer con la musiquilla cagante del despertador de su madre, ni pasarse el día entero regando el mismo puto césped que a los pocos días tendría que volver a podar, ni de pedalear cuesta arriba entre las bardas altísimas, coronadas de alambre de púas y concertina, de los residenciales de lujo, haciendo eses sobre el arcén cubierto de grava suelta, cegado por las luces de los autos que parecían abalanzarse en su dirección. Tal vez lo único bueno de volver de madrugada a su casa —además de ahorrarse las cagotizas de su madre y las vulgares jetas de la Zorayda— era que la carretera estaba casi desierta y podía cruzarla en bici sin tener que esperar media hora a que el volumen del tráfico disminuyera, y con la misma aprovechar el impulso de bajada para internarse en la primera brecha que se abría en la espesura, el atajo que lo conducía directamente hasta su casa, sin tener que pasar por el centro de Progreso, un camino de tierra que a esas horas de la noche más bien parecía un boquete de oscuridad viva y clamorosa, un túnel de chirridos y barullos agónicos de chicharras y enormes sapos ocultos entre la yerba, en el que Polo se internaba sin pensar ni bajar la velocidad, aturdido por la sed y la jaqueca, con los ojos entrecerrados por culpa del sudor y el aleteo de los insectos contra su rostro, pedaleando con furia y abandono de borracho, encomendado a la memoria de sus músculos, que aún parecían recordar bien los sitios en donde la brecha se reducía o quedaba deformada por las raíces de los árboles, después de tantos años de ir y venir varias veces al día por aquel túnel de lianas y helechos y broza podrida y empantanada que apestaba a tumba de muerto fresco, de morro para acudir a la escuela del otro lado del río, y ya más grande para tomar el camión a Boca, y ahora para pedalear hasta el exclusivo fraccionamiento Páradais, desde el maldito día en que su madre lo arrastró a las oficinas de la Compañía Inmobiliaria del Golfo, para que estampara su nombre completo en el contrato que el imbécil mamador de Urquiza le puso enfrente, y en donde se estipulaba que a partir de aquel momento Leopoldo García Chaparro se convertía en el jardinero del conjunto residencial Paradise. *Páradais*, lo corrigió Urquiza, con una media sonrisa de burla, la segunda vez que Polo trató de pronunciar esa gringada. Se dice *Páradais*, no *Paradise*; a ver, repítelo: *Páradais*. Y el nuevo empleado tuvo ganas de responderle: *Páradais* la puta que te parió, pinche guango maricón, pero no se atrevió a decir nada con su madre ahí al lado, presionándolo para que firmara de una vez, juzgándolo todo con sus ojos atentos, amarillos, ojos de zanate hambriento, avizores: firma ya de una vez, le había dicho a su hijo, al ver que trataba de hojear el contrato para ver qué decía; fírmalo primero y luego lo lees, qué ganas de hacerle perder el tiempo al licenciado. Y a Polo no le quedó de otra más que firmar la chingadera aquella, con la sospecha de que le había vendido su alma al maligno, una sensación que se acrecentó cuando vio lo contenta que se puso su madre al verlo convertido en el lacayo de aquella bola de miserables presumidos, porque ya era hora de que Polo se pusiera las pilas y dejara de rascarse los tanates, sin hacer nada productivo ni llevar un solo peso a casa desde su pendejada —porque no existía otra palabra para lo que había hecho— de reprobar las seis materias del primer semestre de la preparatoria, y todas por faltas, echando por la borda los sacrificios que su madre había hecho durante años para que el cabrón indolente gozara de la oportunidad que ella nunca tuvo. Ahora le tocaba chingarse, deslomarse en beneficio de la familia, dejar de ser un pinche huevón irresponsable. La cosa estaba color de hormiga, y con el mal paso que su prima Zorayda había dado, en unos meses estarían más apretados que nunca, y eso si el pinche pueblo no se iba antes a la chingada. Menos mal que el ingeniero Hernández le había concedido *la oportunidad* de trabajar en uno de sus fraccionamientos, porque Progreso se estaba convirtiendo en un nido de maleantes y Polo corría peligro de terminar igual que su primo Milton, el sinvergüenza delincuente que lo había inducido al vicio. ¿Qué chingados le veía a ponerse como idiota? ¿Por qué no se miraba en el espejo de su abuelo? Su pobre abuelo, que desde niño tuvo que partirse el lomo para labrarse un futuro, para sacarlos adelante a todos, sin ayuda de nadie, a base de puro esfuerzo, de puro chingarle de sol a sol sin descanso ni pretextos pendejos, sin lloriquear ni hacerse el enfermo para no tener que levantarse, cabrón, ¿quién te crees que eres? ¿Quién chingados te crees que eres?

Con esa cantaleta lo despertaba su madre todas las mañanas, antes siquiera de que el sol se asomara por las ventanas, cuando el gallo del vecino apenas se aclaraba el gaznate para hacerle la competencia a la horrible musiquilla, falsamente alegre, del despertador de su madre. Polo se removía quejumbroso en el piso, sobre el petate mojado de sudor, con la boca seca y los ojos pegados de lagañas y las sienes martilleándole con aquella jaqueca que ya nunca se le quitaba, por muchos alkaséltzers que se bebiera. Trataba de levantarse lo más rápido posible, por Dios santo que se esforzaba para evitar las monsergas de su madre, pero ella siempre lo sorprendía cuando aún estaba tirado en el piso, luchando por vencer el cansancio, y entonces comenzaba la gritadera: ¿Qué no le daba vergüenza? Llegar de madrugada y meterse como ratero, a su propia casa, y todo por andar en la peda.

¡No mientas, baboso, no te atrevas a mentirle a tu madre! ¡Si hasta acá llega el tufo, borracho! Apenas es miércoles y ya te pusiste hasta las chanclas, mira nomás la cara que tienes. ¿Quién te crees que eres, Leopoldo? ¿Quién carajos te crees que eres, hijo de la chingada?

Eso mismo se preguntaba Polo a diario, cada mañana, con un pan y una taza de café tibio en la panza, si bien le iba y conseguía llegar al puente sin vomitarlos, el overol lavado pero aún percudido gracias a las ineptas manos de Zorayda, y el rostro empapado de sudor y de la humedad del viento salitroso contra el que debía pedalear de camino a Páradais. ¿Quién era él realmente? Un hijo de la chingada, decía su madre siempre. El hijo único de la chingada, la *bendición* de la chacha burlada que supo escalar peldaños. Tenía los mismos labios gruesos de ella, los mismos ojos leonados, los mismos pelos de alambre que se tornaban cobrizos al recibir los rayos solares, y ahora también estaba al *servicio* de la misma familia de explotadores. El *muchacho*, como lo llamaban los residentes, eso es lo que era. El segador de yerba, el podador de ramas, el recogedor de mierda, el lavador de carros ajenos, el baboso que llegaba corriendo cuando los ojetes le chiflaban: el gato. ¿Cómo había llegado a ese punto en su vida?, se preguntaba, pero no tenía respuestas. ¿Y cómo chingados escaparía? Tampoco se le ocurría nada. No tenía nada, no poseía nada para sí mismo. Hasta el dinero de su sueldo se lo quedaba su madre, íntegro; así lo había decidido ella: Polo se lo debía, para expiar la cagazón que había hecho, la oportunidad que había arruinado con su vagancia y gandulería. Que se rompiera el lomo bajo las incongruentes órdenes de Urquiza, y que durmiera en el suelo como una vil mascota, mientras el dinero que ganaba se iba en pagar las infinitas deudas de su madre y en alimentar a la criatura que crecía en la horrenda panza de la Zorayda mientras la muy bolsona se pasaba el día echada en la mecedora, mirando caricaturas con el ventilador puesto, desde luego, en vez de atender la casa y hacerles de comer, como habían acordado. Había tratado de razonar con su madre, desde el principio, hacerle ver lo injusto que era todo aquello: de entrada él no tenía la culpa de que su prima fuera una cochina que no podía mantener las piernas cerradas. ¿Por qué tenía que cederle su cama y dormir en el piso, sobre el duro suelo de cemento pulido, con un petate bajo los huesos y una camisola vieja como única almohada? ¿Por qué mejor no mandaban al reino a la pinche Zorayda? Si no era más que un estorbo, una aprovechada, lambiscona, moscamuerta, majadera que no le daba vergüenza pasearse por el pueblo con semejante tripa de vaca cargada, como si fuera una gracia, aquella criatura que podía ser el hijo de cualquiera en el pueblo, de cualquiera, de veras; si tan sólo la madre de Polo escuchara las cosas que se decían de ella, de cómo la muy cusca se la pasaba a las grandes risas con los choferes de los autobuses, con los repartidores que llegaban los martes a la tienda de doña Pacha, los cobradores y aboneros que pasaban por el pueblo de camino a Paso del Toro, y hasta con los muchachos que repartían tortillas en motocicleta, con todos ésos se había revolcado sobre el suelo mugroso de las cajas de los camiones, en el asiento trasero de los coches de los vendedores, o así nomás parada como perra en celo detrás de las covachas y los corrales, o donde la calentura le agarrara. ¿Por qué chingados su madre no dejaba que la muy putona se rascara con sus propias uñas, si ella misma se lo había buscado? ¿Por qué no la mandaba de regreso a Mina con las tías, que fueran ellas las que se hicieran cargo de su pendejada? Pero su madre nunca quería escucharlo; ponía cara de furia cuando Polo sacaba el tema de poner a su prima de patitas en la calle, y de plano se desquiciaba cuando sugería que a lo mejor la muy golfa ni siquiera tenía deseos de ser madre, que seguramente habría estado dispuesta a sacarse la cosa esa si la madre de Polo no le hubiera puesto todo en bandeja de plata, como si fuera una princesa, mientras el propio Polo se rompía el lomo y pasaba calores y molestias en el suelo, sin que su madre se dignara siquiera a conseguirle un burdo catre en donde reposar su fatigado cuerpo.

Por eso se ponía hasta las nalgas cada vez que tenía el menor chance, aunque tuviera que hacerlo en compañía del gordo infecto, y aunque pasara la mayor parte del día siguiente con dolor de cabeza, repitiendo sus jugos gástricos. *Tenía* que hacerlo, *tenía* que empedarse a huevo, por culpa de ellas, para poder regresar a Progreso de madrugada, cuando en las calles del pueblo ya no quedaba nadie más que los espías de pacotilla de *aquellos* y uno que otro perro trasnochado, y su madre y la Zorayda llevaban ya varias horas sumidas en el sueño y Polo no tenía que verlas ni escucharlas ni soportar su irritante presencia. Entraba por la cocina, para no hacer ruido, y se desnudaba en silencio y se tendía sobre el tejido áspero del petate, en medio de la sala a oscuras, insoportablemente caldeada por el sol que todo el día daba de lleno sobre el tejado de lámina, y cerraba los ojos y se cubría el rostro con un brazo y pensaba en el río negro bajo el puente, el caudal imparable, fétido y cautivante, y la brisa fresca que llevaba consigo el humilde y sutil perfume de las islas flotantes de lirios, y de pronto el escarceo de la peda, el piso oscilando por culpa de los tragos, se convertía en el suave vaivén del río cantando bajo su cuerpo, la corriente siempre cambiante, siempre desmemoriada de las aguas oscuras descendiendo hasta el mar en el bote que su abuelo y él habrían podido construir si el viejo no se hubiera muerto antes, una barca modesta y estrecha pero lo suficientemente espaciosa como para que Polo pudiera tumbarse dentro a mirar el transcurrir del cielo entre palios de ramas y madreselvas, el clamor de millares de grillos negros y los chillidos melodiosos de las sabandijas que fornicaban y se devoraban unas a otras ahogados por la voz perentoria del río, su canto frío, incansable, más sonoro de noche que en cualquier otra hora del día, o eso era lo que su abuelo le contaba cuando pescaban de madrugada bajo el puente, las botas de goma hundidas hasta los tobillos en el cieno espeso sembrado de cristales rotos, huesos filosos, latas oxidadas, la mirada fija en la oblicua línea clavada en el centro del espejo empañado que era el agua del remanso a esas horas de la mañana; gris y plateado en el centro, verde intenso en las orillas donde la vegetación lo invadía todo, despiadada, asfixiándose a sí misma en una orgía de tentáculos trepadores y apretadas redes de bejucos y espinas y flores que convertían a los árboles jóvenes en momias verdes salpicadas de daturas y campanillas azules, sobre todo a principios del mes de junio, cuando la temporada de lluvias arrancaba con chaparrones aislados y súbitos que nada más alebrestaban el bochorno de la tarde y azuzaban el crecimiento del yerberío desquiciante que parecía brotar de todos lados: matas y lianas y yedras de tallos leñosos que de pronto emergían, verdes y rozagantes, en la vera de los caminos, o en el centro mismo de los orgullosos jardines de Páradais, fruto de las esporas clandestinas que lograban abrirse paso por entre las atildadas briznas del pasto inglés de sus prados, y que de un día para otro abrían sus primo-rosas pero rústicas, ordinarias hojas que Polo debía cercenar a golpe de machete, porque ni la podadora asmática del fraccionamiento ni la desbrozadora de hilo podían con aquellas matas bastardas que invadían los arriates y los camellones, ensañándose con las begonias y las rosas de china.

A Polo le gustaba chapear con machete, la sensación de llevarlo colgado al cinto mientras caminaba por las calles adoquinadas del fraccionamiento; le encantaba sorrajarlo contra las yerbas gigantescas que se cernían sobre él, con sus espinas como cuernos y sus hojas vellosas e irritantes, plantas monstruosas que le hacían pensar en invasores extraterrestres disfrazados de ingenuos vegetales pero capaces de sepultar el residencial, la ribera, y tal vez hasta la costa entera bajo un manto de verdura asfixiante. A veces, cuando Urquiza lo mandaba a chapear los lindes del fraccionamiento, cuando estaba seguro de que nadie podía verlo ni escucharlo ni reírse de sus juegos, emprendía una matanza cruenta contra el yerberío, dando de saltos y alaridos y hasta patadas voladoras cuando sentía que las matas pretendían emboscarlo, hasta que no quedaba nada a su alrededor más que una alfombra de hojas rotas y cañas tronchadas desangrándose como víctimas en un campo de batalla, y a Polo le parecía, cuando clavaba la mirada en las yerbas mutiladas, el pecho resollando por el esfuerzo, el sudor cosquilleando por su cara, que podía ver algo moviéndose entre las hojas cercenadas: las puntas de los bejucos extendiendo sus tiernísimos vástagos, vencidos momentáneamente pero no derrotados ni extinguida su inflexible voluntad de seguir creciendo y propagándose, conspirando en un idioma crujiente, esperando el momento de la venganza. Pero aquella idea duraba sólo unos segundos, y seguramente el movimiento débil de las hojas se debía a las rachas de brisa que subían del río, o al agotamiento de Polo y a la crueldad con que el sol desalmado caía sobre su nuca, y entonces buscaba el amparo de alguna sombra y se quitaba la gorra para abanicarse el rostro morado, y cuando al fin recobraba el aliento, se ponía de pie y proseguía el feroz exterminio, hasta que finalmente lograba neutralizar a la avanzada invasora, o hasta que un aguacero se desataba y lo obligaba a refugiarse en la caseta de vigilancia, resguardada durante el día por el vigilante más antiguo del fraccionamiento, un viejo de caídos bigotes cenizos y aire de perro dócil llamado Cenobio, con quien Polo se turnaba entonces para salir bajo el aguacero a alzarle la flecha a los visitantes que entraban y salían del residencial. A diferencia de Rosalío, el otro guardia, más joven y descarado, a Cenobio no le gustaba la charla, siempre tenía puesta la radio en la estación de música romántica, y a veces, cuando la tormenta se dejaba caer con toda su fuerza, tamborileando estruendosamente sobre el techo de plástico de la caseta, abría la puerta y sacaba su paquete de cigarros sin filtro y le ofrecía uno a Polo, le subía el volumen a la radio y los dos se paraban junto a la puerta abierta a mirar el espectáculo del diluvio. Era casi agradable, aquel frescor súbito que atemperaba el calor del mediodía, el lejano estruendo de los relámpagos al caer sobre las olas del mar cercano, y sobre todo no tener la obligación de hacer nada, ni regar el maldito pasto, ni pasarle la podadora, ni pintar postes ni acosar tuzas y topos, ni lavar el carro del imbécil de Urquiza ni recoger las mierdas de los perros del fraccionamiento, porque la lluvia se encargaba de licuar los mojones frescos hasta hacerlos desaparecer entre la yerba. Cuando llovía durante todo el día, había veces en que, a las seis de la tarde en punto, Polo ya se encontraba bajando en bicla la cuesta que descendía a la carretera, porque Urquiza ya no sabía en qué ponerlo a chambear y el pinche gordo llevaba desaparecido desde la segunda semana de junio y ya no se asomaba por la ventana de su cuarto para hacerle señas, aunque Polo estaba seguro de que el muy culero no había salido de vacaciones como muchos otros vecinos, porque de vez en cuando escuchaba sus gritos agudos al discutir con sus abuelos en el interior de la casa, mientras Polo podaba las isoras del jardín frontal; probablemente estaría enfermo, o tal vez sólo deprimido e inconsolable porque los Maroño se habían largado de vacaciones al Caribe y no le habían pedido que fuera con ellos, como el gordo iluso esperaba, perdiéndose la magnífica oportunidad de ver a la señora Marián estrenando bikinis y pareos, más morena y más cachonda que nunca, y a Polo no le quedaba de otra más que llenar las horas de sus tardes dando largos paseos por los caminos fangosos del pueblo, en busca de algún conocido, alguien a quien gorrearle un cigarrito, una caguama, una plática banal sobre la calor y los aguaceros, lo que fuera para no tener que regresar a la casa tan temprano, pero la mayoría de las veces Polo daba puras vueltas en balde y al final terminaba sentado sobre un tronco pálido en el playón de la casa de Milton, tirando piedras al río y pensando qué carajos iba a hacer, porque parecía que ya no le quedaban amigos en Progreso, ni siquiera conocidos, como si toda la gente de su edad y la gente de la edad de Milton se hubieran largado a Boca para siempre, o anduvieran huidos por culpa de *aquellos*, y los únicos que quedaban en Progreso eran puros morros, batillos más jóvenes que Polo, o puras viejas fodongas sin nada que hacer, y a quienes era imposible sacarles nada: a los batillos porque todos trabajaban para *aquellos* y se creían las grandes cacas con sus radios y sus bolsitas de coca rebajada con laxante y sus motonetas pedorras, llamándose a sí mismos halcones aunque no llegaran ni a pepenchas, y a las viejas fodongas, todas guangas de parir chamacos, porque parecía que lo único que les importaba en la vida era escupir más hijos al mundo y chismear el día entero sentadas en los zaguanes de sus casas, desde donde podían mirar lo que ocurría en la calle y lanzarle besitos coquetos a cualquier reata que pasara. Polo realmente extrañaba los viejos tiempos, cuando saliendo de la escuela —o a veces sin pisarla siquiera— se iba a casa de

Milton o a la tienda de doña Pacha y su primo, su casi hermano, se mochaba con los cigarros y las chelas, porque el Milton era mayor que él y ya tenía chamba y dinero para gastar y cosas que contar, aventuras que el bato vivía en compañía de su cuñado, que era dueño del deshuesadero a las afueras de Progreso y siempre andaba viajando a la frontera sur a bordo de naves pirata que compraban a precio de ganga a las bandas de asaltantes del centro y que ellos mismos arreglaban para venderlas como usadas a los chiapanecos de los pueblitos o a los mafiosos guatemaltecos. Por eso, muchas veces, harto de vagar como pendejo por el pueblo, Polo pedaleaba hasta la casa de Milton y se saltaba la barda sin que las pepenchas lo vieran, un poco con la esperanza de encontrar signos que indicaran que Milton había vuelto y pasado por ahí, otro poco para ver si el bato no había dejado mal puesto algo que Polo pudiera llevarse y vender por una lana y comprarse un cuarto de caña aunque fuera, pero era más que obvio, por la espesa capa de mugre y salitre que cubría las ventanas, por el silencio sepulcral que se respiraba dentro y la libertad con que las arañas anidaban en las láminas del techo, que nadie más había estado ahí desde hacía muchísimo tiempo, ni siquiera la mujer de Milton, que había huido a los pocos días de la desaparición de su bato, seguramente de regreso a casa de sus padres en Tierra Blanca, o tal vez más lejos aún, quién podría asegurarlo, el miedo no andaba en burro y *aquellos* habían llegado con todo a Progreso, arrasando con medio mundo a su paso. Así que Polo rodeaba la casa de Milton y pasaba junto a su vieja camioneta tejana, cubierta de hojas y flores secas del mango que dominaba aquella parte del terreno, bajaba a la playa que daba al río y tomaba asiento en el tronco seco que Milton solía usar como banca, y pasaba horas mirando el agua aparentemente inmóvil y el vuelo rasante de las libélulas, mientras lanzaba piedras y chupaba carrizos tiernos para aplacar las ganas de un cigarro, las ganas de beberse un buen trago y apaciguar el remolino de cosas negras, etéreas pero afiladas, que revoloteaban en su mente como un hervidero de polillas en torno a una luz solitaria. Miraba el río y mordisqueaba las cañas y sacaba el teléfono del bolsillo y gastaba su crédito en mandarle mensajes a Milton, al enésimo número nuevo que el bato le había pasado la última vez que se vieron, semanas atrás, antes incluso de que Polo entrara a trabajar a Páradais, y se quedaba largo rato ahí sentado, esperando en vano la respuesta de su primo, hasta que el sol terminaba de ponerse y las brillantes luces de Páradais y de los fraccionamientos vecinos se encendían, pintando las aguas pardas de plata, ocre y amarillo, menos en el sitio a oscuras donde se alzaba la casona abandonada, apenas visible tras las ramas del amate que crecía en la orilla y que ocultaba parte de la fachada, una pared roñosa y comida por el tiempo en donde se abrían tres boquetes desiguales que a Polo siempre le parecían los ojos y la boca de una cara deforme, congelada en medio de un grito o de una risa macabra, la risa de la Condesa Sangrienta, la mujer que había mandado a construir aquella casa en la época de los españoles y que los habitantes del estero habían dado muerte a palos por perversa y diabólica, por su afición a raptar niños y jovencitos que elegía de entre la población de esclavos que trabajaban sus tierras y a los que daba muerte después de someterlos a indecibles tormentos para finalmente arrojar sus restos a un foso lleno de cocodrilos en el sótano de la casona, o eso era lo que contaban las malditas viejas de Progreso, que también juraban y perjuraban que de noche, cuando la luna llena alborotaba la marea y las jaibas azules se paseaban a orillas del río, el espectro de la Condesa, convertida en una arpía de rostro teñido por la sangre de sus víctimas, envuelta en los jirones podridos de lo que antaño fueran sus ropajes de gala, emergía de entre las ruinas de la casona y abría los brazos al cielo y con gritos horrísonos invocaba a las fuerzas del mal que la protegían, y en medio de una luz azulada se transformaba en una misteriosa ave negra que se alejaba volando por entre las copas de los árboles, puras pinches estupideces que Polo no podía evitar recordar mientras contemplaba aquel rostro chueco que parecía mirarlo con burla desde el otro lado del río, hasta que finalmente se rendía y se largaba del playón antes de que la oscuridad cayera de golpe, a seguir dando

vueltas como idiota por el pueblo desolado, domina-
do a esas horas por grupitos de chiquillos faramallu-
dos, puros pinches mequetrefes de bigote chocomilero
a quienes Polo a huevo tenía que saludar cuando
pasaba frente a ellos, llevándose la mano a la visera
de la gorra, nomás pa que le dieran viada y no estuvieran mamando con sus radios y sus claves secretas,
pinches chamacos cagones que ahora se creían due-
ños del pueblo nomás porque cobraban en la nómi-
na de *aquellos*, y cuando ya no aguantaba más la
tarascada del hambre se iba para su casa, donde entraba sin hacer ruido por la puerta del patio y se
zampaba de pie las empanadas duras que la Zorayda
le dejaba sobre la estufa, envueltas en papel aluminio
para que no se le subieran las cucarachas, y bebía
refresco del pico de la botella sacada del refrigerador,
tratando de no hacer ruido para que su madre no lo
llamara a gritos desde su recámara, donde yacía acos-
tada en la cama, el pelo húmedo por la ducha y envuelto en una camiseta vieja que se enrollaba como
turbante para no mojar la funda de la almohada, el
resplandor de la pantalla de la televisión vibrando
sobre su rostro serio y sobre el cuerpo de Zorayda,
tendida a su lado en la otra cama, la panza tensa,
descubierta, brillosa por el aceite de almendras que
la muy asquerosa se untaba, riéndose de quién sabe
qué estupidez o comiendo cacahuates o ciruelas en-
chiladas como cerdas, con el ventilador girando frente a ellas. Polo pasaba por la puerta abierta como un

fantasma y se tumbaba sobre el petate que ya apestaba a chivo, la cabeza apoyada en una vieja camisola de su abuelo, y el celular posado contra su pecho desnudo para sentir la vibración del mensaje que Milton le enviaría, cuando el hijo de su puta madre se dignara a contestarle. Era lo primero que hacía cuando se despertaba, y lo último antes de quedarse dormido: mirar la pantalla del teléfono y comprobar si no tenía mensajes nuevos. A veces hasta soñaba con Milton; soñaba que conversaba largamente con su primo, pero nunca lograba recordar sus palabras por la mañana. A veces también soñaba con la casona embrujada, y con el amate que crecía en la orilla del río; soñaba que las ondulantes raíces del árbol se apartaban como tentáculos para revelar en el centro una casona idéntica a la verdadera, igual de mohosa y derruida pero muchísimo más pequeña, como una casa de muñecas donde el corazón sangrante de la Condesa latía, prisionero.

La verdad es que, si por él hubiera sido, jamás habría agarrado el pedo en el zaguán de aquella casona de mierda, y no porque le diera miedo estar ahí dentro; él ya sabía que todas las historias que contaban era puro comadreo, y que el único peligro que moraba entre las ruinas carcomidas eran las viudas negras que anidaban en los rincones más oscuros. El pedo era la *vibra* que se sentía en los alrededores de las ruinas, la sensación de angustiosa congoja que se apoderaba de su cuerpo al tomar asiento en los escalones de piedra, y lo francamente deprimente que era estar ahí chupando en compañía del gordo imbécil mientras a su alrededor la lluvia caía, tupida pero invisible sobre las copas de los árboles que se cernían sobre ellos, un domo vegetal que encerraba el calor de la tierra húmeda y que les impedía ver el río, o el cielo, o las luces de Progreso en la orilla opuesta. Había sido idea del infeliz marrano, por supuesto, ponerse a chupar en aquel lugar tan espantoso, cuando finalmente el muy tarado reapareció en las calles del fraccionamiento después de días de no haberse dejado ver por nadie. Al parecer lo habían cachado bien pedo, la última vez que chuparon en el embarcadero; se había puesto tan burro que olvidó el camino de regreso a casa y el guardia Cenobio lo encontró roncando a dos nalgas junto a la alberca, sobre uno de los camastros de la terraza, para vergüenza de sus abuelos. Lo habían amenazado con mandar a llamar a su padre, pero ni así pudieron sonsacarle de dónde había conseguido el chupe, quién se lo había comprado; había callado valientemente y aguantado vara y soportado un par de regaños de los viejos, y más pronto que tarde, como siempre terminaba ocurriendo, los abuelos lo habían perdonado porque no tenían la energía ni las ganas de mantener la disciplina, y en cuestión de días las cosas habían vuelto a la normalidad, o casi, porque ahora era imposible chingarles dinero; la fechoría del gordo los había vuelto recelosos, y tal vez tampoco era buena idea volver al muelle, ahora que Cenobio hacía rondines en la zona y podía sorprenderlos. Y de todos modos, ¿quién chingados quería chupar bajo la lluvia y terminar todo empapado, ahora que los aguaceros caían de noche? Tal vez sería mejor mudarse de escondite, pasarse por ejemplo a la casona abandonada que estaba en el terreno de junto. Podían reunirse allá a las nueve de la noche, y no tendrían que preocuparse de nada. ¿Quién chingados iba a andarlos molestando? ¿O acaso Polo tenía miedo? Había algo que quería mostrarle, algo que jamás adivinaría, una cosa *chingonsísima*, dijo el marrano, y eso terminó por convencer a Polo, que sentía los nervios a flor de piel pero ya estaba harto de inventarse paseos por el pueblo para llenar las horas muertas de sus tardes y fingir que no extrañaba ponerse bien pendejo. Así que se presentó a la hora indicada y bebió con entusiasmo de la pesada botella cuadrada de ron añejo que el marrano sacó de su mochila, cuando al fin se reunieron en los escalones de la casona. Tuvieron que empujarse el trago a palo seco pues ninguno de los dos tenía dinero para comprar soda o hielos, y ni falta que hacía: el ron bajaba dulce y ardiente por la garganta de Polo, tan sabroso y enervante que no podía dejar de relamerse el interior de la boca después de cada trago, fascinado por el regusto a fruta y caramelo que perduraba a pesar del humo del tabaco. Por primera vez, desde hacía un chingo de tiempo, se sentía dichosamente borracho; no achispado ni a medios chiles como casi siempre, sino profunda, melancólicamente mamado, como hundido en un sopor denso que por momentos le impedía seguir el hilo de las pendejadas que el gordo le estaba contando. Porque al principio Polo pensó que había oído mal; era imposible que el marrano se hubiera atrevido a hacer lo que relataba: meterse a escondidas a la casa de los Maroño, cuando éstos se encontraban fuera, porque hacía ya tiempo que sabía que la familia nunca le ponía cerrojo a la puerta de la cocina, la que comunicaba con el patio trasero y la pequeña habitación de servicio donde la sirvienta Griselda vivía entre semana, y un día que los Maroño se encontraban de viaje en el crucero, el gordo había entrado a escondidas a la casa, y había seguido haciéndolo a su regreso, los domingos que los vecinos salían a comer fuera y pasaban las horas de la tarde recorriendo los centros comerciales, y la sirvienta aprovechaba su día libre para visitar su pueblo, y el gordo era libre para darle cran a la cantina del pelón engreído y luego subir a fisgonear a sus anchas en la recámara principal y ponerse a hurgar en los cajones de la señora Marián y a oler su ropa y su almohada y chingarse sus calzones de la cesta de ropa sucia del baño. Y antes de que Polo pudiera arquear las cejas en un mohín de escepticismo, el gordo buscó en sus bermudas y sacó una bolsita de plástico con cierre hermético que abrió con dedos temblorosos para sacar con reverencia un triangulillo de encaje negro que, para asombro de Polo, el muy cerdo se llevó enseguida a las narices para olisquearlo con cara de éxtasis. Todavía huele, suspiró, y Polo torció la jeta de asco. Ándale, huélelo si quieres, le ofreció el marrano, y Polo se quedó con ganas de darle un zape a la mano extendida. Sáquese, murmuró, ceñudo, y el gordo soltó una risa burlona, pagada de sí misma, un rebuzno arrogante que Polo sintió como una afrenta directa a su persona, a su hombría.

Fue esa risa boba, aunada al brío contundente del ron y a la agitación en que aquel lugar lo sumía, los que detonaron la furia de Polo. Abrió la boca y por primera vez en presencia del gordo, con los labios entumecidos por la rabia y el alcohol, le espetó lo que verdaderamente pensaba de él y de su hazaña ridícula: puras mamadas, puras pinches mamadas. El gordo, que en ese momento bebía de su vaso, tosió nerviosamente. Chale, pinche Polo, ¿cuáles mamadas?, dijo, la sonrisa condescendiente partiendo su rostro mofletudo. Tú te crees muy verga, farfulló Polo, mientras se ponía de pie y arrojaba la colilla que había estado fumando hacia la oscuridad. Te crees muy verga pero nomás entraste al cantón ese a robarte un pinche calzón guango, habiendo tantas cosas ahí dentro. Vació lo que quedaba de la botella en su vaso de plástico. Pues también me chingué esa botella que te estás mamando, ¿eh?, respondió el gordo, a la defensiva. De eso no te quejas, ¿verdad? Puras mamadas, repitió Polo, pensando en las joyas con que la puta esa se adornaba, los aretes de brillante de la fiesta, los brazaletes de plata, las sortijas de oro y los relojes finos que usaba el pelón culero del marido. Polo no sabía una chingada de marcas o estilos, pero se cortaba un huevo si el más barato de aquellos relojitos que el bato siempre llevaba encima no costaba por lo menos un año entero de su sueldo de jardinero; nada más había que ver los aspavientos que el mamón hacía pa mirar la hora, puros iris destinados a presumir el juguetito. Ya, pendejo, le dijo el gordo, y se inclinó para quitarle la botella. Lo estás regando todo, chingados. Polo se bebió el trago de putazo. A la próxima vienes conmigo, entonces, lo retó el gordo, a ver si muy malandro. Polo le dedicó un corte de mangas. Trastabilló al agacharse a recoger la cajetilla de cigarros. Cuando finalmente logró encender uno, se dio cuenta de que se había quedado solo; el gordo había desaparecido. ¿Franco?, lo llamó, sin éxito. Lo único que se escuchaban eran los chillidos agónicos de mil millones de insectos y la cortina ensordecedora de la lluvia, envolviéndolos. Franco, no mames, gritó, súbitamente enfurecido. ¿Se había metido a la casona? No alcanzaba a ver nada desde la entrada del zaguán, nada más que una oscuridad densa surcada de luciérnagas intermitentes, peor que mirar con los ojos cerrados. ¿Franco?, repitió, y un pedo lánguido resonó desde la penumbra, seguido de una risa idiota que rebotó entre las paredes de ladrillo. Estoy meando, cabrón, dijo Franco, en algún lugar del interior. ¿Qué no puedo mear en paz? Una cuija respondió con su característico reclamo, y Polo pegó un brinco. Qué loco, dijo el gordo, pensativo.

Creo que hay una alberca allá adentro. ¿O será un pozo? Polo retrocedió hasta llegar a los escalones. Algo pálido y macilento surgió de pronto de la oscuridad, arrastrándose veloz por el suelo: una mano esquelética, pensó Polo, los horribles dedos curvados como patas. Lanzó un grito al momento de patearlo, con todas sus fuerzas: una enorme jaiba extraviada que salió volando hasta los árboles cercanos, en el mismo instante en que el gordo soltaba otra carcajada y otra flatulencia.

Ahí fue cuando empezó a odiarlo. Pero a odiarlo en serio, así con ganas de partirle el hocico y sorrajarle aquel botellón cuadrado en la jeta y patearlo hasta reventarle las tripas y luego tirarlo de cabeza al fondo del río, donde las traicioneras corrientes se encargarían de arrastrar su cadáver comido por los peces hasta Alvarado, o tal vez más lejos. Pinche chamaco cagón, pinche putillo de mierda que no tenía los huevos para robarse algo que valiera la pena, habiendo tantas cosas en aquella casa, consolas de videojuegos y televisores y joyas y relojes y hasta dinero en efectivo, chingada madre, cualquier cosa hubiera sido mejor que robarse los calzones cagados de la suripanta esa.

Aquella noche no supo bien cómo fue que llegó a su casa. Ni siquiera recordaba haber esperado a que el gordo saliera. Por la mañana, a rachas, le llegaban imágenes de sí mismo, inconexas y ajenas como si las hubiera registrado una cámara de video y no sus propios ojos. Se veía a sí mismo vomitando copiosamente sobre el tronco de un aguacatillo, y pedaleando contra las luces enceguecedoras de los autos de la carretera, y meando desde lo alto del puente, el chorro de su orina cayendo en silencio sobre las aguas del río apestosas a panocha. Si tan sólo el hijo de su puta madre traicionero de su abuelo hubiera cumplido su promesa de enseñarlo a construir un bote de madera, una lanchita sencilla pero cumplidora a la que luego hubiera podido adaptarle un motor modesto para no tener que depender de la fuerza de sus brazos o de los caprichos de la corriente, un sueño que su abuelo había olvidado al hacerse cada vez más anciano, y que la madre de Polo se encargó de volver totalmente imposible cuando la muy culera decidió vender las herramientas del viejo, aprovechando que éste ya se encontraba postrado en la cama, totalmente perdido en sus alucines, llorando aterrado, sin reconocer a nadie, sin entender por qué lo tenían amarrado con vendas; una cabronada soberbia que Polo todavía no le perdonaba a su madre, haberse deshecho de esas herramientas que eran su herencia, su derecho, las sierras hechizas, las gubias y escoplos artesanales que su abuelo había confeccionado a lo largo de los años, con cero estudios y mucha maña y todavía más necesidad y hambre, a la medida de sus toscas manazas morenas, rasposas y mutiladas por el roce incansable con la madera basta y los accidentes causados por su maldita costumbre de chingarse quién sabe cuántos tragos de *veneno* mientras chambeaba, y también por culpa de la diabetes que le había estropeado los nervios y por eso ni sentía cuando la sierra eléctrica que él mismo había soldado y construido mirando nomás los dibujos de un libro le volaba un cacho de índice, *la pura puntita*, decía él, entre risas, mientras buscaba en el suelo el pedazo de dedo y un trapo para empaparlo con queroseno y encenderlo y cauterizar la herida que manchaba de sangre el aserrín regado por todas partes. ¡Qué cabrón había sido su abuelo, y qué incomprensible también! ¡Y cuánto lo había amado Polo, y también temido, cuando se le pasaban los tragos y de pronto se ponía a hablar solo y a gritar como loco y arrojar cosas contra las paredes! A su lado, Polo se sentía tonto, torpe, diminuto, una cosita insignificante que acaba- ba de nacer mientras la vida de su abuelo se extendía infinita hacia el pasado, como una película larguísima donde Polo era sólo un extra sin importancia que salía unos minutos hacia al final para decir equis pendejada. El abuelo nunca fue niño, por eso no sabía cómo tratarlos, decía; trabajaba desde los seis años: primero fue arriero, luego cargador y chofer de una compañía de muebles, y luego vendedor de la misma, y más tarde cocinero y maestro de escuela, cuando tuvo que parar en la cárcel una temporada, y carpintero hasta lo último, cuando llegó a vivir a Progreso, y todos esos oficios el bato los había apren- dido él solo, nomás viendo cómo se hacía, observan- do y luego repitiendo, arreglándoselas con lo que tuviera a la mano. Tuvo un chingo de viejas a lo largo de la cuenca, en los diferentes pueblos en donde vivió, y por lo menos una docena de hijos, suyos de su propia sangre o entenados, aunque a la única a la que había reconocido con su apellido era a la madre de Polo, porque le constaba, decía el cabrón viejo, que era suya y no de otro pelado, porque había nacido a los nueve meses exactos de una inundación que lo dejó varado con su mujer durante semanas en el tejado de la casa que habitaban, los dos solitos entre kilómetros de aguas achocolatadas; la única hija que vio por él en su vejez, y la que terminó cuidándolo en su agonía, cuando el abuelo ya estaba totalmente chiflado y no podía atender el taller y a cada rato se le iba la onda y se salía a vagar durante horas por el pueblo, con los pelos tiesos y las ropas raídas, blanqueadas por el polvo de los caminos, y los pies descalzos o llevando un único huarache de llanta, y Polo sentía deseos de encogerse y desaparecer cada vez que sus compañeros de la escuela veían pasar al abuelo y se reían de su pinta chocarrera y le gritaban cosas mientras Polo se hacía pendejo hasta que todos se cansaban de molestar al viejo y se marchaban, y entonces iba a recogerlo del suelo, de la sombra de un árbol en la plaza, o del zaguán de una casa ajena, para convencerlo de que por favor lo siguiera, abuelo, la gente te está viendo, soy tu nieto, Polo, vamos para la casa, no tienes que dormir en el suelo. El abuelo ya tenía esa maña desde antes de volverse turulato; en la casa dormía siempre sobre un petate en el piso de la sala, con los huaraches puestos y el brazo doblado como almohada, completamente vestido a pesar del calor. Pero luego enfermó y dejó de reconocer a la gente y nomás quería andar caminando sin rumbo por las veredas, mascullando incoherencias y leperadas, y tuvieron que amarrarlo con vendas a la cabecera de la cama que hasta entonces había sido de Polo, la cama gemela pegada a la cama idéntica en la que dormía su madre, la misma que después había tenido que cederle a Zorayda. El abuelo odiaba estar tendido sobre el colchón; uno hubiera dicho, por los gritos que daba y la forma en que se retorcía, que los resortes se le clavaban en la espalda, pero no era el caso; más bien Polo tenía la impresión de que no era el colchón lo que le molestaba, sino la cercanía con el cuerpo de su propia hija, que dormía pegada a él para atenderlo en lo que le hiciera falta, porque el viejo tenía la creencia —quién sabe cuántas veces no lo había escuchado Polo, con la manía que su abuelo tenía para repetir las cosas— de que era malo para la salud del varón —*pernicioso*, decía el viejo— dormir en la cercanía de la mujer, pues era cosa bien sabida que los humores de la hembra debilitan y apendejan y que luego por ese motivo los muchachos se vuelven tilicos y miedosos; y cuando decía esto siempre miraba a su nieto de soslayo, con sus pequeños ojos chisporroteando de burla y desprecio, porque, de niño, Polo no podía dormir lejos de su madre, era incapaz de conciliar el sueño si no pegaba su cuerpo al de ella y daba de gritos si a mitad de la noche despertaba y estiraba la mano y no la sentía a su lado, una manía que le duró hasta los seis o siete años, cuando viajó con su madre a Mina para visitar a la tía Rosaura y a la tía Juanita y a otros parientes de los cuales Polo no recordaba a nadie más que a su prima Zorayda, seis años mayor que él y encargada de cuidarlo mientras su madre y las tías jugaban baraja o salían a pasear a la feria del pueblo, a conseguir pretendientes, decía la madre de Polo mientras se enchinaba las pestañas y se pintaba la boca, los ojos tan recargados de maquillaje oscuro que resultaban irreconocibles para el hijo que berreaba, aferrado a su pierna, desconsolado por el abandono al que la madre estaba a punto de someterlo, dejándolo para colmo a cargo de la malvada Zorayda, y las tías se morían de la risa y lo llamaban miedoso, cobarde, habrase visto chamaco más checho, decían, y su madre le había metido una bofetada pa que se estuviera sosiego y ellas pudieran marcharse taconeando a su desmadre, y Polo se quedó llorando hasta que Zorayda lo llevó a la cama y lo abrazó para que se calmara pero él no pudo dormir hasta bien entrada la noche, en parte por el calor que hacía y en parte por el malestar que atormentaba su pobre barriga desde que había decidido que odiaría a su madre por siempre, y también porque la Zorayda no dejaba de molestarlo y de hacerle cosquillas: a su lado en la cama, vestida tan sólo con una vieja camiseta, la muy jodona pasaba la punta de su dedo flaco por la piel del antebrazo de Polo, *por aquí va una hormiguita*, cantaba, en voz baja, mientras su dedo ascendía, suavecito y hormigueante, *pepenando su leñita*, trepando zigzagueante hasta alcanzar el cuello, y Polo se estremecía, *caminando a su casita*, y se mordía los labios porque el chiste del juego era no reírse, según Zorayda, no hacer ninguna clase de ruido, *le cayó un aguacero*, ni aunque la caricia se acercara a su ombligo o se internara por debajo del elástico de sus calzoncillos, *y se metió a su cobachita*, o atacara los suaves pliegues de sus axilas, su punto más sensible, el que invariablemente le hacía soltar carcajadas y gritos. Aquel contacto lo dejaba siempre agitado y ardoroso, con ganas de repegarse contra el cuerpo de Zorayda, tan diferente al suyo, y tan distinto también al de su madre, mucho más seco de carnes y repleto de huesos puntiagudos que lo lastimaban cuando su prima se daba la vuelta de pronto y se le trepaba encima para torturarlo y propinarle cachetadas. Había algo diabólico en la mirada de Zorayda, un brillo de astuta vileza que la muy taimada se guardaba bien de mostrar ante los adultos, a quienes sólo dejaba ver su lado tierno y acomedido, reservando su tiranía y crueldad para cuando nadie más estaba cerca para detenerla. Cuando se tumbaban juntos en la misma cama, cada noche durante aquel horrible viaje a Mina, Zorayda lo acariciaba con sus dedos cosquilleantes hasta ofuscarlo y dejarle la piel hormigueante y la pilinga bien dura pero enseguida, sin razón aparente, se volvía de pronto para atacarlo, para pellizcarle las mejillas con las uñas y pincharlo con sus dedos flacuchos hasta sacarle lágrimas, la cara contraída en una mueca horrible, una mueca burlona que en cualquier momento podía cambiar para convertirse en otra cosa totalmente distinta; ése era el poder de su prima Zorayda, una capacidad asombrosa para transformarse ante los ojos de las personas y proyectar lo que ella deseara, la imagen que en cierto momento le convenía más según lo que la gente esperara de ella: Zorayda dulce y obediente, con las trenzas a la cintura y los vestidos de batista que la tía Rosaura le confeccionaba; Zorayda seria y esforzada para las patronas que la empleaban como sirvienta en Mina; Zorayda tonta y desvalida, engañada por un mal hombre, abandonada con su criatura, para la madre de Polo; Zorayda la pinche loca que a fuerzas quería chingarse a Polo, nomás por el puro gusto de joderle la vida, si él jamás se metió con ella, jamás le dio a entender nada; apenas y la volteaba a ver porque le cagaba su conchudez y su hipocresía. Había llegado a Progreso disque para ayudar a la madre de Polo con el abuelo, pero nada más se la pasaba buscando pretextos para bajar a la tienda de doña Pacha y coquetear con los repartidores de refresco, sin que la madre de Polo le dijera nada ni la cagoteara como invariablemente lo cagoteaba a él, a diario sin falta, porque cómo era posible que Polo no hubiera conseguido trabajo a estas alturas, y con lo urgidos de lana que estaban ahora, qué chingados se creía ese pinche chamaco huevón bueno para nada, muy macho para andar de borracho picándose el ombligo pero no para encontrar una chamba. ¡Como si fuera tan fácil, carajo! ¡Como si las pinches chambas crecieran de los árboles!, tenía ganas de decirle. ¿De dónde quería su madre que sacara un trabajo? ¿Y trabajo de qué, por Dios, y en dónde? Nadie quería contratarlo, por mucho que se levantara temprano a llenar las pendejas solicitudes de empleo que su madre le llevaba, a escribir en las casillas, con su letra diminuta hecha de puras mayúsculas, una y otra vez los mismos pinches datos: nombre de pila, apellido paterno, apellido materno, escolaridad, estado de salud, meta en la vida. ¿Para qué carajos querían todo eso, qué demonio les importaba? ¿Y qué verga era eso de "meta en la vida"? Siempre lo dejaba en blanco porque no sabía qué chingados poner en ese apartado. Y luego había que ir a Boca a repartir las solicitudes, pero antes salir al patio y enjuagarse en el cubo del agua y secarse y talquearse y vestirse con el único pantalón que tenía, y los zapatos raspados que había llevado a la escuela, y alguna playera que no tuviera agujeros, y cruzar la brecha y tomar el camión a Boca y llevar las putas solicitudes a los negocios que requerían muchachos con ganas de trabajar y secundaria terminada y regresar a Progreso con las manos vacías, sin haber conseguido nada, a soportar a la enchinchosa de su prima, que con el pretexto de quedarse a cuidar la casa nomás lo andaba chingando todo el tiempo con sus insinuaciones y contoneos, inclinándose contra de él a la hora de recogerle el plato, o pegándosele disque sin querer cuando se topaban en el pasillo, apretándole el brazo por cualquier motivo y constatando, falsamente asombrada, lo fuerte que se había puesto, lo mucho que había embarnecido, y quién iba a decir que aquel chamaquito enclenque se convertiría en este hombretón bien dotado, y sonreía con perversidad y los ojos se le iban hacia esa parte de la anatomía de Polo que siempre terminaba ineludiblemente hinchada y endurecida, trayéndole a la memoria el recuerdo de aquellas vacaciones en Mina, de la culpa y la rabia que había experimentado y que él había creído totalmente olvidadas, borradas por completo de su memoria por las puras ganas que tenía de no acordarse, de la misma manera en que había olvidado los berrinches que solía hacerle a su madre, la necesidad imperiosa y pusilánime que tenía de prenderse a ella para poder dormirse. Todo había regresado en el momento mismo en que Zorayda apareció en Progreso, disque para ayudar a la madre de Polo con el abuelo, aunque bajita la mano más bien parecía que la chamaca había venido de vacaciones, porque no había día que no se fuera con alguna vecina a bañarse al río, ni tarde que no se la viera rondando la tienda, sacándole plática a los vendedores y los choferes de los camiones repartidores, o a cualquiera que tuviera verga para repegársele, como gata. Vaya furor de panocha que trae la Zorrayda, decía Milton cuando la veía, mientras él y Polo se chingaban una caguama en la trastienda y ella se asomaba de puro chismosa y metiche. Está que saca burbujitas de la conchita, se burlaba Milton, pero Polo no se ofendía: eran carnales de toda la vida, primos o casi primos porque el Milton era hijo de un entenado que el abuelo había criado como suyo, antes siquiera de que la madre de Polo naciera, y Polo no se enojaba cuando Milton decía esas cosas de su prima —que de cualquier forma eran ciertas— ni cuando se ponía a darle consejos sobre cómo vestirse y cómo presentarse a la hora de pedir chamba, para darles confianza a los empleadores y que no pensaran que era un pinche maleante o un aldeano tarugo. Polo lo escuchaba pero no entendía qué caso tenía ponerse gel en el cabello y saludar apretando bien fuerte la mano si Milton no se daba cuenta de que su problema para conseguir trabajo no iba a resolverse cambiando de corte de pelo o probando una nueva marca de desodorante; al bato todo se le hacía fácil porque tenía la suerte de ser medio güero, pálido como fantasma a pesar del sol de la costa, con ojos bordeados de espesas pestañas soñadoras y una mata de cabello ondulado que el bato siempre se estaba quitando de la frente con gesto de galán de telenovela, mientras que Polo, bueno, Polo era prieto, no había otra manera de decirlo, y feo como pegarle a Dios en la cara, decía su madre —y eso que se parecían un chingo—, y había nacido con una mirada torva que claramente lo delataba como alguien que carecía de una meta en la vida. Pero Milton insistía en que nada de eso importaba, que al final lo único que contaba era la actitud y que Polo tenía que ponerse verga y echarle más ganas, y vámonos por una chela pa seguir platicando, papirrín, y le prestaba dinero para tener crédito en su teléfono, lo regresaba en carro a su casa cuando se ponía hasta las nalgas y le prometía que si no lograba conseguir jale él hablaría con su cuñado, a ver si podían darle chamba como ayudante en el deshuesadero, pero todo valió camote aquel viernes de carnaval cuando *aquellos* secuestraron a Milton afuera de su casa, recién llegado de uno de sus viajes a la frontera sur con su cuñado, y Polo no volvió a saber nada de él hasta tres meses después, cuando *aquellos* finalmente se dignaron a darle viada a su primo de pasarse por Progreso a resolver sus asuntos personales, que la neta ni eran tantos, porque la vieja de Milton hacía ya mucho que lo había dejado para regresarse a vivir con su familia a Tierra Blanca. La vieja no quería saber nada del bato ni qué chingados le había pasado y Milton tampoco tenía ganas de moverle a ese pedo para no perjudicarla, así que pasó su día franco en compañía de Polo, como en los viejos tiempos, pero en lugar de chupar caguama en la trastienda de doña Pacha se fueron a chingar unos tacos y unas chelas a una taquería bien fresona de Boca, a la orilla del río, como patrones, y Milton le contó en corto lo que le había pasado la noche que lo secuestraron a él y a su cuñado, mientras Polo lo escuchaba y se atascaba de tacos al pastor y de chelas y Milton nomás fumaba como chacuaco, un cigarro tras otro, y se sorbía la nariz todo el tiempo, como si estuviera metiéndose coca a escondidas pero él juraba que no, que no le gustaba meterse nada, y el mesero que los atendía nomás miraba de reojo el bulto que hacía la fusca en la cadera de Milton y se hacía el que no estaba escuchando nada de lo que su primo contaba.

La cosa había estado así: ese viernes de febrero, Milton venía llegando a su casa, eran como las dos de la mañana y el bato iba cansadísimo, tan idiotizado por las dieciocho horas que había manejado desde Chiapas que no se dio cuenta de que *aquellos* lo estaban esperando frente a su casa: una camioneta enorme cargada de culeros que en su pinche vida había visto, y Milton ni siquiera pudo meter las manos, ni fuerza tuvo para echarse a correr porque llevaba un chingo de horas manejando de corrido, con un bajón de anfetas de esos que sientes que te va a dar un infarto en cualquier momento, y además los culeros esos iban armados, qué chingados iba a hacer. Lo subieron a putazos a la camioneta, le quitaron todo lo que llevaba, la cartera, las llaves, el teléfono, lo aventaron al suelo para que no viera nada y lo tuvieron varias horas dando vueltas en la camioneta para que no supiera por dónde andaban, con la choya sangrando, aunque Milton clarito se dio cuenta de que estaban por el rumbo del aeropuerto, muy cerca de las ciénagas, por el ruido de los aviones que volaban bajo. Total que después de unas horas de traerlo como pendejo pa todos lados lo llevaron a un rancho y lo metieron a una casa y lo encerraron en un cuarto y ahí le estuvieron metiendo verguiza tras verguiza, según para que confesara a qué chingados iba tanto a la frontera, de quién era el negocio de los carros, con quién se estaban arreglando, y al principio Milton había aguantado vara, pero cuando empezaron a darle toques soltó toda la sopa, no pudo aguantar el tormento y hasta se meó encima, y lo más gacho era que en el cuarto de al lado tenían a otro cabrón al que le estaban haciendo lo mismo, y Milton nomás oía cómo el bato lloraba como magdalena y se le figuraba que era su cuñado al que tenían ahí metido, pero no lograba distinguir bien su voz, sólo se oían puros gritos deformados por el dolor, y de todas formas Milton no quería preguntar si era él, si era su cuñado, no quería soltar nada pero al final, cuando le dieron toques, terminó contando todo, todito, porque el dolor era espantoso y al bato del cuarto de al lado ya lo estaban cortando; Milton no podía ver nada, tenía la cara metida en un saco que olía a pura mierda, pero los culeros que lo madreaban le decían lo que estaba pasando, que al bato de al lado ya le estaban cortando las orejas, porque no quería cooperar, y que ahora iban por los dedos, y ahora por las manos, y finalmente le mocharon la cabeza, a juzgar por los ruidos espantosos que se escuchaban, por eso Milton terminó contándoles todo lo que querían saber del negocio de su cuñado, todo: números y montos, los nombres de la gente que chambeaba con ellos, los contactos con la policía estatal, las rutas que usaban para bajar y subir a la frontera, y hasta las mañas para falsear los números de serie, todo les contó, y total que cuando terminó, en vez de matarlo como vil perro, como Milton pensaba, lo dejaron en paz un rato, hasta que se hizo de día y un culero entró a despertarlo, a quitarle la funda que traía en la cabeza y darle agua para que bebiera, y ahí Milton pudo ver que se encontraba en un cuartucho de tabique y techo de lámina, y que frente a él estaba una mujer joven, de pelo castaño claro, vestida de mezclilla y camisa de cuello alto y lentes oscuros, que aparentaba unos veinte, veinticinco años a lo sumo, pero que parecía ser la jefa de todos los culeros, porque hasta los más malandros y felones se le cuadraban y se ponían tiesos viendo pal frente cuando la vieja los barría con la mirada, y le hablaban de *usted* y de *licenciada*, aunque ve tú a saber si la cabrona realmente lo fuera o qué, porque hablaba bien mal, como ranchera, todo recio y golpeado, y Milton entendió enseguida que con esa vieja no podía andarse con mamadas, así que cuando ella empezó a leerle la cartilla, Milton nomás clavó la vista en el suelo, en sus botas vaqueras de mujer, y a todo le decía que sí, señora, sí, licenciada, y ella: te vamos a dar chanza porque sabemos que conoces el bisne, pero si no quieres jalar estás en todo tu derecho, yo nomás te digo que ya sabemos dónde vives, y quién es tu pareja y a qué se dedica y dónde vive su familia completa, y Milton no se lo pensó mucho para decirle que sí, la neta; hasta tuvo el tino de darle las gracias, de mostrarse genuinamente agradecido, aunque por dentro estaba que se zurraba de miedo, porque la vieja le dijo que sólo iban a darle una chanza, una sola chanza, así decía, y nomás porque les urgía echar a andar el bisne del deshuesadero, pero que a la primera que la cagara se lo iba a llevar la chingada con todo y su vieja, y su familia, y sus hermanos y hasta a los vecinos, y Milton nomás siguió diciendo que sí, que entendía, que estaba bueno.

Total que la vieja esta mandó a que lo soltaran, que lo metieran a bañar y le dieran ropa para salir y le cosieran la rajada en la choya y que lo llevaran a probar enseguida, en chinga ya, a ver si podía con el jale o mejor lo mandaban a guisar. Entonces lo metieron a otro cuartucho y lo dejaron bañarse y ponerse ropa limpia, nueva, de paquete, y luego entró una doñita muy apresurada, chaparra y gorda como una bolita, y bien malencarada, que a puro grito lo obligó a sentarse en una cubeta volteada para que ella pudiera echarle unos puntos a su herida, y luego le dieron una gorra para que se tapara el costurón y lo sacaron para el frente de la casa, donde la misma doñita que lo había cosido en chinga ahora se encontraba friendo garnachas ante una enorme paila de aceite hirviendo mientras una docena de hombres, muchachos casi todos, comían en silencio sobre mesas de plástico, los ojos alzados hacia el partido de futbol que se transmitía en la pantalla que colgaba de una pared —América contra Necaxa, todavía se acordaba— y tomaban refrescos de un refrigerador viejo que traqueteaba en la esquina del cuarto. Era como una fonda cualquiera, como un puesto de fritangas en medio de la nada, y ahí lo sentaron junto con otro bato, un chavo muy tranquilo, muy moreno y muy callado que comía garnachas del plato que la doñita rechoncha le había puesto enfrente, sin hablarle a Milton ni a nadie, sin explicarle qué estaba pasando o qué estaba a punto de suceder. Luego supo que a ese chavo le decían el Gritón, porque casi nunca hablaba en voz alta, pero eso fue después; en aquel momento Milton no sabía qué pedo, no entendía nada y nomás volteaba a todos lados tratando de anticipar de dónde le lloverían los vergazos, y miraba la puerta abierta que daba hacia fuera, hacia la calle, o más bien hacia una carretera perdida en medio del monte, y se preguntaba hasta dónde sería capaz de llegar corriendo antes de que aquellos culeros lo rafaguearan.

Total que cuando el Gritón terminó de comer, le dio un codazo a Milton y le hizo el gesto de que se parara y fuera con él. Salieron de la fonda y allá afuera Milton se dio cuenta de que aquello no era un rancho sino apenas una casa de material al borde de un camino de terracería, rodeado de mangos y matorrales y poca cosa más. Junto a la carretera estaba parado otro bato, también muy joven y muy moreno, recién bañado y arreglado, con camisa de vestir y pantalones planchados, perfumado incluso. El muchacho se presentó como el Sapo, le regaló a Milton el primer cigarro que se fumaba en días, y no bien se había empezado a marear ya estaban de pronto arriba de una camioneta de doble cabina que los fue a botar a los tres al puerto, a la altura del IMSS de Cuauhtémoc. Ni el Sapo, ni el Gritón ni el conductor le explicaron nada, y a Milton le dio culo preguntar, de modo que nomás siguió a los batos e hizo lo mismo que ellos: entrar en una lonchería que estaba frente al hospital y pedir una torta de milanesa y un Boing de guayaba y tragárselos aunque acababan de comer en la fonda de la ciénaga, como máquinas de triturar, sin llenadera, y quedarse ahí un rato fumando y viendo los carros pasar por la avenida, hasta que el Gritón le hizo señas al Sapo y entonces los tres salieron del local y pararon un taxi y el Sapo metió la cabeza por la ventanilla para preguntarle al conductor que cuánto les cobraba por llevarlos al Aurrerá de Puente Moreno. Milton no alcanzó a escuchar lo que el chofer dijo, nada más se subió en el asiento de atrás cuando el Sapo abrió la puerta del copiloto, y enseguida partieron. El Sapo iba adelante, junto al chofer, y detrás de éste iba sentado el Gritón, y Milton a un lado. Después de un par de calles, el Sapo empezó a sacarle plática al ruco que manejaba el taxi, que si el calor, que si el partido del Tiburón, que si los culos, y con ese último tema el taxista, un viejo mugroso y despeinado, todo jediondo con una camisa de resaque y las axilas peludas a la vista, se emocionó y empezó a contar historias de cuanta vieja había pasado por su cama, y hasta se puso a darles consejos de cómo controlarlas, cómo hacerlas al gusto de uno, y el Sapo y el Gritón estaban risa y risa con las pendejadas que decía el viejo jediondo, y Milton también trataba de reírse, de actuar normal, porque nadie le decía nada pero se le figuró que ésa era la actitud que debía asumir. Total que todo el camino el Sapo no dejó de vacilarse al viejo culero hasta que por fin llegaron al estacionamiento del Aurrerá y el ruco se detuvo y le dijo al Sapo que eran cien varitos, y el Gritón repeló desde atrás, la primera vez que Milton lo oía hablar: cien varitos, la verga, y Milton vio que el bato tenía un cable en las manos, un cable de acero delgadito que pasó por encima del asiento y con el que trató de ahorcar al taxista, pero éste logró meter una mano entre el cable y su cuello y ahí fue cuando el Sapo metió el freno de mano y le puso una pistola en la cara al viejo. Ahí muere, ahí muere, llévense el dinero, dijo el taxista. Me vale verga tu dinero, le respondió el Gritón, pegadito a su oreja, ya te cargó la verga, pinche ruco muerto de hambre. Milton estaba tan sacado de pedo que nunca vio a qué hora llegaron los refuerzos: dos morros que de pronto ya estaban junto al taxi, abriendo las puertas. Uno se dejó caer sobre el taxista, y junto con el Sapo, a base de gritos y chingadazos, lo sacaron del carro y lo metieron en la cajuela. El otro bato, al mismo tiempo, abrió la puerta de Milton y sin decirle agua va lo empujó para meterse también. El Sapo se acomodó tras el volante, movió el espejo retrovisor, se atusó los pelos engominados, quitó el freno de mano y salieron volando del estacionamiento del Aurrerá sin que nadie les dijera nada, sin que nadie al parecer se hubiera dado cuenta de lo que había sucedido.

Entonces enfilaron hacia unas colonias pegadas a la planta de tratamiento de aguas, donde emprendieron una cosa bien loca que Milton tardó bastante en comprender: a bordo del taxi se pusieron a dar vueltas por las calles de la colonia, y cuando veían un repartidor en moto lo seguían y se ubicaban detrás de él, y en el momento en que ya lo tenían cerca, el Sapo aceleraba de chingadazo y le daba un llegue al repartidor, calculado para mandarlo a la chingada pero no hacerle demasiado daño a la moto; cuando el repartidor se caía, a veces raspándose bien gacho, el Gritón y los otros dos salían del carro y le metían una patiza y lo amenazaban con las pistolas, luego uno revisaba en chinga la moto, se subía y se largaba a la verga, y luego otra vez volvían a subirse al taxi y otra vez a cazar repartidores por las calles de la colonia de al lado, para hacer lo mismo tres veces seguidas, hasta que en el taxi nomás quedaron el Sapo al volante y Milton sentado en el asiento trasero, bien sacado de pedo porque nadie se había molestado en explicarle nada pero el culo no estaba para besitos y tenía miedo de abrir el hocico y cagarla preguntando una mamada.

Total que el Sapo agarró entonces para los rumbos de Tejería y se metió en una brecha solitaria donde no crecía ni un solo arbolito. No había nada más que maleza baja y tupida, y una que otra vaca flaca y ojerosa, durante kilómetros y kilómetros a la redonda, hasta donde llegaba la vista. El camino de tierra se iba volviendo cada vez más angosto, y más adelante ya no hubo manera de seguir porque la maleza los rodeaba por todas partes, y ahí el Sapo apagó el carro, miró al Milton por el espejo retrovisor y le dijo que se pusiera verga, que había llegado la hora; le ordenó que se bajara y lo ayudara a abrir la cajuela, de donde sacaron al ruco jediondo casi cargándolo, porque le habían amarrado las manos a la espalda con cinchos de plástico y no podía alzarse. El pinche anciano lépero ya no se veía tan sácale punta como al principio: tenía las greñas empapadas, pegadas a la cara sudada, se había meado del susto y rogaba entre sollozos por su vida, que no lo mataran, por piedad, por la Santísima Virgen, patroncitos. El Sapo lo tiró al suelo y le metió un par de patadas; se limpió las manos en las perneras, con cara de asco, y finalmente se sacó la fusca del cinturón; con la mano izquierda sacó otra más pequeña, que llevaba clavada en la espalda, y se la pasó a Milton, quien la tomó sin saber ni qué pedo. Quítale el seguro, le ordenó el Sapo, y le explicó cómo con mucha paciencia. Se veía bastante sereno, casi afable. Luego cortas cartucho así, y ya lo matas a la verga, le dijo, señalando al viejo con la barbilla. Los huevos se le subieron a la garganta, pero Milton entendió que había llegado la hora de la verdad, la hora de probarse para el jale, y que si se aputanga-ba, el Sapo se lo quebraría de volada, de modo que sus únicas opciones eran chingarse al pobre viejo y quedar bien con *aquellos* o quebrarse al Sapo antes de que éste pudiera leerle los pensamientos, y huir como venado al monte y asumir las consecuencias, pero el Sapo nomás meneó la cabeza y sonrió con-descendiente, como diciendo "oye, entre gitanos no nos leemos la mano" y le apuntó al Milton con su fusca y la sacudió con impaciencia: Órale, verga, que no tengo tu tiempo, se está haciendo tarde, y entonces Milton alzó el arma y le apuntó al ruco jediondo que se revolcaba sobre la arena, lloriqueando. Suponía que debía darle en la cabeza, pero no atinaba a acercarse, y el Sapo no decía nada, no le daba ningún consejo, nomás le seguía apuntando a Milton con la fusca y lo apuraba arqueando las cejas. El viejo se había puesto a rezar, con la cara pegada al suelo: Dios te salve, reina y madre de misericordia. Vida, dulzura y esperanza nuestra, pensó Milton en su cabeza, completando la oración, y en ese momento supo que si el ruco lograba decir toda la plegaria ya no podría matarlo y el Sapo tendría que quebrárselos a los dos, y entonces apretó los labios, el culo, los párpados y disparó, encajándole un plomazo al viejo en la espalda y llenando el aire de chillidos y aleteos despavoridos de cientos de pajaritos negros que se ocultaban entre las matas a su alrededor; el Sapo tuvo que gritarle para hacerse oír por encima del borlote de las aves y los alaridos que soltaba el viejo: remátalo ya, decía, a la cabeza, y Milton apretó dos veces más el gatillo sin poder atinarle, aunque el viejo apenas se movía, hasta que finalmente al tercer intento logró meterle una bala en el cachete y el viejo se quedó en paz y pudieron largarse de ahí.

Total que entonces regresaron a la base, a la fonda donde la doñita enojona seguía en chinga friendo garnachas en su paila gigante y la misma bola de culeros comían sentados en mesas de plástico. Hacía un calor espantoso que emanaba del cazo rebosante de aceite hirviendo y del techo de lámina. Ahí se estuvieron un rato hasta que el Gritón y los otros dos cabrones llegaron montados en las motos, las metieron a una especie de patio que había detrás de las cuarterías y luego entraron a la fonda cagándose de risa y aullando, cotorreando como chamacos alebrestados, y hasta el Gritón se veía contento y sonreía. Milton no se atrevió a preguntar qué pasaba, hasta que en la tele de la pared comenzó el noticiero local, y lo primero que la conductora anunció fue una serie de asaltos coordinados a cinco gasolineras de la zona de Boca del Río que había tenido lugar aquella misma tarde, horas antes, y los batos de la fonda armaron tal alboroto que Milton ya no pudo seguir escuchando lo que la conductora decía, apenas algo de que los criminales viajaban en moto y llevaban consigo armas de fuego, y en el cintillo en la parte baja de la pantalla alcanzó a leer que el botín ascendía a más de medio millón de pesos sustraídos en menos de una hora. La banda estaba eufórica y con ganas de empedarse pero de volada la doña enojona les bajó los humos, cuando le pidieron que sacara las chelas y ella dijo que no, que no estuvieran de necios, que hasta que llegara la licenciada a autorizarlo, y siguió friendo sus garnachas, completamente sorda a los ruegos y mentadas de los muchachos, y ya luego Milton no supo qué pasó, le entró un sueño pesado, muy denso, y ahí en la mesa de plástico se quedó bien dormido hasta que un cabrón lo sacudió y lo condujo a una litera en una de las cuarterías del fondo, desde donde se oían los gritos de la gente que estaban guisando y los gemidos de las películas porno que unos culeros veían en la litera de al lado; Milton ya no pudo volver a dormirse, nomás se quedó ahí acostado, tosiendo por el reflujo que le subía del estómago y que sabía a la salsa verde de las garnachas que se había tragado, los ojos pelones clavados en el techo, a pesar de lo mucho que le ardían por el cansancio brutal, por las dieciocho horas que manejó desde Tapachula, y las otras treinta y tantas que lo estuvieron verguiando al fondo de esa misma casa. Cada vez que trataba de cerrar los párpados y dormirse, se le aparecía enfrente la jeta llorosa del ruco jediondo, y hasta escuchaba su voz rezándole a la Virgen, y en ese momento volvía a abrir los ojos y se ponía a recordar cada instante que había pasado desde que lo levantaron a putazos afuera de su casa, para convencerse de que no había tenido de otra, que era su vida o la del viejo culero, la vida de su vieja y su familia o la vida de aquel ruco que de todas formas ya había vivido lo suyo. Desde ese entonces no lograba dormir, le contó a Polo, pero eventualmente, cada dos o tres días, su cuerpo colapsaba y perdía la conciencia por un rato, así era como se sentía quedarse dormido ahora, pero la verdad es que ni así lograba evadir las pesadillas, y veía que a mucha raza también le pasaba lo mismo: gemían y lloraban y hasta platicaban en sueños, y no faltaba el loco que se ponía a tirar de guantes y patadas, así de la nada, nomás porque alguien había empezado a roncar o se tiraba un pedo; aunque claro, los que más miedo daban eran los que dormían como angelitos nomás su cabeza tocaba la colchoneta, ésos sí eran unos hijos de puta de cuidado.

Cuando Milton terminó de contar la historia de su secuestro se quedó bien callado; después de dos o tres cigarros más, le dijo a Polo que ya era hora, tenían que irse, y él lo llevaría de vuelta a Progreso. Salieron de la taquería y el mozo de la entrada se fue en chinga corriendo por la nave: una camioneta inmensa, con un cofre fornido que rugía cuando Milton le metía la pata al acelerador, con faros de halógeno que espantaban a los perros callejeros que se cruzaban en su camino y una suspensión que pasaba encima de los baches llenos de agua puerca que salpicaban la entrada al pueblo, como si nada. Lo único que hacía deslucir al trocón eran las salpicaduras de barro seco que manchaban la carrocería negra, capas y capas sucesivas de lodo y pasto endurecido que ya exigían unos buenos escobillazos para desaparecer por completo, pero eso no parecía importarle a Milton, tampoco el interior destartalado de la cabina, la tapicería sucia y rasgada, el suelo cubierto de colillas aplastadas, mugre, y botellas vacías. El mejor whisky del mundo, había dicho Milton, la pura *pura* sabrosura, papirrín, cuando Polo alzó una botella del suelo y miró la etiqueta en inglés, la sed de nuevo cosquilleándole la garganta, azuzando un dolor de cabeza que apenas era como un latido secreto. Su primo había accedido a comprarle más chelas en una tienda de conveniencia, pero se había rehusado a sacar el perico; dijo que no llevaba encima, que a él no le gustaban esas cosas, y Polo pensó que mentía para no tener que invitarlo, que de nuevo lo estaba tratando como a un escuincle baboso, porque Milton lucía definitivamente alterado, nervioso, con ese constante sorberse las narices, más pálido que nunca, los ojos soñadores hundidos en ojeras de bulldog de caricatura, los dientes amarillos por la nicotina de los cigarros que fumaba sin parar, incluso mientras conducía, como si sólo pudiera respirar a través del cartoncillo amarillo de los filtros.

A Polo le habría gustado que Milton apagara el aire acondicionado y bajara las ventanillas polarizadas, no sólo porque el humo encerrado le escocía los ojos y el aire gélido le erizaba la piel de los brazos, sino para que las pepenchas piojosas que se pavoneaban en la plaza lo vieran en compañía de su primo y le agarraran respeto, pero el bato ni siquiera le hizo caso cuando preguntó si podían bajarle al aire. Condujo derecho hacia el río, hacia su casa, o hacia la que había sido su casa, con la mente ida, y se estacionó, como siempre, bajo la copa del mango, pero no quiso bajarse. ¿Para qué?, dijo. ¿Qué caso tenía? Su vieja —su *ex-vieja* ahora, más bien, se corrigió— ya no quería saber nada de él, y tal vez era mejor así, tal vez todo había pasado por una razón, afirmó, y Polo no supo qué responderle. Tenía la impresión de que el bato que fumaba detrás del volante a un lado suyo ya no era su primo, que ya no era el mismo Milton de siempre, risueño y despreocupado, lenguaraz y optimista, sino alguien totalmente distinto, una persona diferente, que se le parecía en lo físico pero que no terminaba de cuadrar con el otro que había sido antes. De entrada su primo, su casi hermano, jamás se habría puesto a darle sermones con ese aire tétrico de curita estreñido. El Milton jamás le hablaba

como si fuera, ¿qué?, ¿su hermano mayor, su *padre*?
No caigas en la tentación, lo regañó esa noche, no te
dejes llevar por la ambición, una vez que entras en
este pedo ya no puedes salirte nunca; no seas como
esos chamacos pendejos que se creen los grandes
capos con sus motos y sus radios pero no tienen ni
idea del desmadre en el que están ensartados. Puras
reprimendas que Polo escuchaba y a las que nomás
asentía distraído, mareado por tratar de seguirle el
ritmo a la fumadera demencial de su primo, su estómago convertido en un caldero hirviente donde la
furia borboteaba en un silencio doloroso, los brazos
tensos por las ganas que tenía de abrir la puerta y
largarse a la chingada de ahí para dejar de oír las ba-
rrabasadas que balbuceaba el pinche hipócrita de
Milton: ¡Que no había nada como el trabajo honrado, decía, mientras se paseaba en aquel camionetón
de lujo, con tres teléfonos nuevos al cinto y la cartera llena de billetes de a quinientos que Polo había
visto cuando el bato pagó los tacos y las chelas! ¡Qué
poca vergüenza de cabrón! Por supuesto que Polo
no quería ser pepencha ni quería tener nada que ver
con esa banda de orejas de pacotilla, parados siempre
en la misma esquina de la plaza, carne de cañón ba-
rata y prescindible. Él era capaz de cosas más cabronas,
más sofisticadas, tenía los huevos que al Milton le
faltaban, eso era más que evidente. ¿Qué tenía de
malo querer ganar más varo, tener más libertad y
adquirir un sentido de utilidad, de finalidad, lo más

parecido a una meta en la vida que alguna vez había sentido? El zonzo del Milton creyó que Polo se había impresionado con las cosas que le había contado y que por eso callaba, pero en realidad su silencio se debía a la insoportable tristeza de haber perdido para siempre a su primo, su mejor y único amigo. El bato que ahora le hablaba y lo cagoteaba y quería darle dinero porque sentía lástima no era su carnal de toda la vida, era otra persona, otro pelado que, por cierto, no duraría mucho en ese jale porque era demasiado blando, demasiado buena gente, pensaba en exceso y no tardaría en valer verga, y aunque Polo se moría de ganas de sacarse del pecho el asunto de la Zorayda, finalmente se despidió de Milton sin contarle nada de sus propios pedos. Total que él estaba seguro, totalmente seguro, o *casi* totalmente seguro, de que él no tenía nada que ver con el embarazo de la Zorayda; si ya *todos* sabían que su prima era bien zorra, ¿no?, o al menos eso era lo que se decía de ella, que se las daba al que se las pidiera, y por eso la criatura que esperaba podía ser de cualquiera en el pueblo, de *cualquiera*, y además él ni siquiera se había venido nunca dentro de ella, ni una sola vez, podía jurarlo sobre la tumba de su abuelo; ni siquiera la primera vez se había dado el gusto de echárselos adentro, cuando finalmente se cansó de sus pinches toqueteos, sus pinches insinuaciones burdas, sus qué grandote te pusiste, Polito, ¿te acuerdas cómo jugábamos cuando eras chiquito?, y un día que estaban solos en la casa Polo ya no pudo soportar más el odio que sentía por esa pinche vieja y terminó empujándola contra el respaldo del sillón de la sala, bajándole los shortcitos de un tirón y ensartándole el chile tieso hasta la garganta, mientras la muy puta jadeaba y manoteaba sin entender lo que sucedía. Era el peor error de su vida, el peor puto error de toda su perra y miserable vida, porque en lugar de aplacarse, la maldita zorra asquerosa desde entonces no lo dejaba tranquilo; él había querido humillarla y lastimarla, pero la muy cochina había quedado prendada de su violencia y a cada rato quería andarlo ordeñando, como si Polo fuera una vaca, y lo perseguía por toda la casa rogándole que se la metiera, que la llenara, y pasaba sus dedos mañosos por los brazos y los hombros de Polo, *por aquí va una hormiguita,* por su pecho y su vientre, *pepenando su leñita,* hasta que él explotaba y le sujetaba los brazos y la penetraba con furia, con ganas de atravesarla, hasta venirse sobre sus nalgas o sobre su vientre moreno, o sobre el piso duro de la sala, pero siempre escatimándole la leche que ella pedía con labios entreabiertos. Cada vez que se chingaba a la Zorayda se prometía a sí mismo que no volvería a hacerlo: aquella era la última vez que se la cogía, la última vez que se dejaba tentar por esas pinches nalgas que invariablemente terminarían por meterlo en un pedo, por pasarle alguna enfermedad asquerosa o algo mucho peor; cada vez que salía de su coño mojado, oloroso a cieno, y eyaculaba largamente sobre su propia mano, se juraba a sí mismo que ya nunca pasaría de nuevo, sin importar lo que la muy moscamuerta le dijera con esos ojos de gata en celo, sin importar lo rico que se la frotara por encima de la ropa y lo dura que se le pusiera cuando ella la acariciaba con la lengua; pero a pesar de sus promesas, cuando menos venía a darse cuenta ya estaba bombeándosela de nuevo, metiéndole la reata hasta el fondo, castigándola, mientras pensaba, consternado, que aquella *sí era* la última vez que se la ensartaba, la última vez que se la cogía, ahora sí estaba hablando en serio, antes de chorrearse en el suelo y subirse los pantalones y salir corriendo de la casa, con sus solicitudes de empleo mal llenadas, despeinado y sudoroso y apestoso a marisco rancio, a mendigar una chamba, cualquier chamba, la que fuera, cualquier pinche trabajo con tal de poderse ganar una lana que eventualmente le permitiera largarse de Progreso. Ésa era su meta en la vida. No "superarse a sí mismo", como había insistido la pendeja de su madre, cuando Polo le preguntó qué mierda debía escribir en esa casilla. "Superarse a sí mismo", qué pinche mamada, ¿qué chingados significaba? ¿Jugar carreras contra sí mismo, contra un gemelo idéntico que no vacilaría en meterle la pata para hacerlo tropezar y rodar sobre el polvo? No, su meta en la vida era abrirse a la chingada, conseguir una lana, ser libre, carajo, ser libre por una pinche vez, y el puto de Milton no quería ayudarlo. El puto de Milton estaba ahora del lado contrario, del lado de su madre, que había aceptado que Zorayda se quedara con ellos y tuviera a la criatura porque era lo correcto, lo debido, y aunque al principio se había puesto como energúmena cuando la pendeja le confesó que estaba preñada, al final terminaron las dos abrazadas, haciendo planes, compartiendo las penas y sinsabores de ser madre soltera, pero las criaturas qué culpa tenían, una debía encontrar el modo de sacarlas adelante, mientras Polo nomás las miraba desde el quicio de la puerta sin moverse, mudo de pavor, sin entender un carajo de lo que estaba pasando, y más tarde, cuando quiso hablar a solas con su madre para hacerla entrar en razón y convencerla de que lo mejor sería mandar a su prima de regreso a Mina con las tías, que fueran ellas las que se hicieran cargo del mal paso de la chamaca, porque no era justo que ellos tuvieran que soportar las consecuencias de sus puterías, si ya todos en el pueblo sabían que la muy cusca le ponía con lo que fuera, con los vendedores y los repartidores de refresco y los choferes que se detenían en la tienda de doña Pacha; a él no le constaba que se hubiera acostado con todos ellos, pero *seguramente* lo había hecho, ¿no? *Tenía* que ser cierto, si la gente del pueblo lo decía. Pero entonces su madre no lo dejó terminar, no lo dejó llegar a la conclusión de que *cualquiera* en el pueblo podría ser el padre de esa criatura, porque de un manazo en la boca lo calló para increparle quién chingados se creía que era para decirle a ella lo que tenía que hacer. ¿Cómo se atrevía el baboso a querer mandar en esa casa? Si ni siquiera era capaz de conseguir un trabajo decente, cualquier pinche trabajo, porque no era más que un vago de mierda y un borracho vicioso, igual que su abuelo, pero al menos su abuelo había trabajado de sol a sol toda su vida, y a base de puro esfuerzo, con el sudor de su frente, había logrado sacarlos adelante, mientras que Polo no era más que un hijo de la chingada, vividor y perdulario. ¿Quién chingados se creía que era, eh? ¿Quién carajos? Todavía le metió dos sopapos más, antes de mandarlo a dormir al piso de la sala. Y una mañana, dos o tres días después del pleito, lo despertó temprano, al rayar el alba, y casi *casi* a rastras lo condujo a las oficinas de la Compañía Inmobiliaria del Golfo, S. A. de C. V., donde el imbécil nalgasmeadas de Urquiza ya le tenía preparado el contrato para que Polo lo firmara y empeñara su alma a cambio de un magro salario que su propia madre administraba por completo, feliz de la vida, claro, porque entonces las cuentas empezaron a cuadrarle del todo y había suficiente para cubrir las numerosas deudas y abonos chiquitos que había tenido que dejar de pagar; y la horrible panza de la Zorayda siguió creciendo y creciendo, mientras ahora Polo se veía obligado a llegar ahogado de pedo por las noches para no tener que hacerle frente a los ojos de gata pérfida de su prima, que relampagueaban con una nueva luz de satisfacción y osadía mientras se frotaba la panza con aceite de almendras. La muy culera se reía de él cuando la madre de Polo no prestaba atención, cuando por breves instantes su mirada se cruzaba con la de su primo, y ella le dedicaba un guiño cómplice y sonreía, feliz de tener la sartén por el mango y el poder absoluto de arruinarle la vida a Polo en el momento en que ella quisiera, si acaso él se atrevía a hacerle un desplante: la más mínima insolencia, cualquier intento de grosería, el menor amago de una mano alzándose en su contra y ella correría a contarle *todo* a la madre de Polo, porque si ella caía, él se haría mierda junto con ella, así las cosas, primito; tú síguele chambeando y ganando dinerito, que para eso eres hombrecito, ¿estamos? Eso era lo que parecían decir los ojos de Zorayda, y ningún esfuerzo, ni siquiera la peda más asquerosa en compañía del marrano inmundo podía cambiar nada, ni impedía el crecimiento de aquella pinche tripa horripilante, ni eliminaba por completo la angustia y la opresión que Polo sentía en el pecho todas las mañanas, el nudo de congoja que le oprimía el gañote desde el instante mismo en que escuchaba la musiquilla estridente del reloj despertador proveniente de la recámara, al que debía obedecer inmediatamente si no quería que su madre se le dejara ir encima a gritos y chanclazos; todavía tenía los ojos pegados de sueño cuando salía al patio, en trusa y a trompicones, hasta el tambo gigantesco que a diario llenaban con agua del pozo para lavar los trastes y la ropa y descargar el excusado, y apoyaba sus manos en el borde oxidado y contenía el aliento y sumergía la cabeza hasta los hombros en el agua fresca, como si aquel tambo fuera la entrada a una poza de agua clara en la que Polo pudiera sumergirse entero, nadar hasta el fondo y salir después del otro lado.

Al principio pensó que todo era pura mamada, puras chaquetas mentales de Franco Andrade, babosadas sin sentido que el chamaco caliente farfullaba porque no tenía la menor idea de lo que decía. Era obvio que el pendejo nunca había estado con una mujer, que jamás había sumido su pitito chaquetero en una panocha, y por eso estaba obsesionado con meterle la tranca a la única pinche vieja que le sonreía y le hablaba de buena gana, sin torcer el gesto ante la visión de sus lonjas y sus asquerosos granos de puberto. Seguramente la muy puta ya se habría dado cuenta de que el chamaco latoso se moría por ella, que nada más iba a su casa a mirarla con lujuria para luego correr a su cuarto a hacerse puñetas, y tal vez hasta le divertía ponerlo caliente a lo pendejo, ella misma excitada y complacida por la atención y el incuestionable deseo de aquel barril de sebo que ya no podía pensar en otra cosa que no fuera metérsela. Y no era que la vieja no estuviera buena; ahí estaban las fotografías para probarlo, a cada rato salía con su familia en las revistas de sociales que tanto les gustaban a las doñas de Páradais. Aguantaba un piano entero y cualquier bato habría estado feliz de ponerla en cuatro y romperle toda su madre, ¿no?, pero la obsesión del gordo iba más allá de la mera calentura. Quién sabe qué tesoro o maravilla esperaba encontrar en el coño de la vieja; quién sabe qué creía que iba a suceder cuando finalmente le metiera la verga. A veces Polo tenía ganas de decirle que ni siquiera era para tanto. Sí, se sentía chingón; sí, uno se olvidaba de todo cuando la estaba rempujando y se creía el bato más cabrón del universo, pero aquello nunca duraba suficiente, y tarde o temprano había que sacarla y lidiar con todo lo demás, los reclamos y las artimañas de la vieja a la que te acababas de ensartar. Mejor haría el gordo dejándose de tantas pendejadas y contratando a una puta, una doña querendona que se pareciera a su vecina y que estuviera más que dispuesta a quitarle lo virgen a sentones a cambio de una módica suma. Pero no. El pinche gordo no quería chingarse a cualquier vieja; quería a la señora Marián de Maroño y él solito había llegado a la conclusión de que tendría que hacerlo a la fuerza, antes de que sus abuelos lo llevaran a Puebla, a la academia militar esa en donde pensaban refundirlo tan pronto terminaran las vacaciones de verano.

Otra vez estaban en las ruinas de la casona, sentados en los escalones del portal, esta vez empedándose con alcohol de caña diluido en sendos cartones de jugo de naranja, por falta de dinero. Polo, como siempre, mirando hacia el interior del zaguán, donde los arbustos y las enredaderas formaban una selva miniatura surcada por luciérnagas y lo que parecía ser un estridente ejército de chicharras. El alcohol de caña le pegaba duro en la cabeza y avivaba el resplandor de las luces de los insectos, llenando su campo visual de máculas brillantes que por momentos lo deslumbraban y hacían que su corazón latiera desenfrenado. Él ya sabía que no había nada en aquellas ruinas, nada que pudiera hacerle verdadero daño, pero notaba los remanentes de una antigua corriente de energía que le hacía sudar profusamente, sacudir las piernas sin ritmo y estremecerse cada vez que un trueno retumbaba en la distancia, mientras fingía escuchar las idioteces del gordo, que parloteaba frenéticamente sobre su más reciente incursión a la casa de los Maroño. ¿Sabía Polo que la señora guardaba juguetes al fondo de un cajón de su armario, juguetes sexuales?, decía, con una sonrisa idiota, limpiándose la baba con el dorso de la mano, mientras Polo se preguntaba qué chingados hacía él ahí, por qué demonios no se ponía de pie y se largaba; qué más daba ya estar en cualquier lugar si el mundo entero estaba en su contra y las cosas sólo podían ir peor, cada vez peor, y ni medio litro de caña conseguía ahogar sus tristes pensamientos respecto a la criatura que en aquel mismo momento flotaba en el líquido turbio y amarillento que llenaba las asquerosas tripas de la Zorayda. ¿Qué iba a pasar cuando la cosa esa naciera en unos meses? ¿Qué haría Polo si la golfa de su prima decidía hacerlo responsable a él de su desgracia, endilgándole a esa criatura que podía ser de cualquiera en el pueblo, de cualquiera, hasta donde él sabía? ¿Cómo le haría para convencer a su madre de que la culpa de todo había sido de ellas: de su madre por haber metido a la casa, contra la voluntad del propio Polo, a esa nalgasprontas pervertida, a esa araña predadora, y de Zorayda sobre todo por andársele arrimando cuando estaban solos, provocándolo con sus jueguitos pendejos, sus leperadas? Tendría que largarse antes de que el pedo estallara, pero ¿cómo, con qué dinero? Si él pudiera entrar a la casa de los Maroño como el pinche gordo, no perdería el tiempo mirando calzones y fotos viejas de cuando la doña era chamaca, qué va. Le echaría el guante a las joyas y los relojes, a las consolas y las pantallas, y se pelaría en chinga a buscar a Milton. Es más, si supiera manejar, como el baboso del gordo, se llevaría también la Grand Cherokee blanca y se lanzaría derechito al deshuesadero que antes era del cuñado de su primo y que ahora pertenecía a *aquellos*; se las regalaría así nomás en buen pedo para ganarse su confianza, que vieran que Polo estaba dispuesto a rifarse por ellos y entrarle a los vergazos y a cualquier cosa que ellos le dijeran, y Milton les confirmaría lo noble y derecho que era, y hasta la pinche vieja esa, la tal *licenciada*, quedaría impresionada y le daría chance de probarse en el jale, y ya nunca más tendría que regresar a su casa ni a Progreso.

Aquello lo hizo sonreír y alzar la mirada en el mismo instante en que el gordo también sonreía, después de haber dicho quién sabe qué pendejada que Polo no alcanzó a escuchar, pero algo, no sabía bien cómo explicarlo, algo como una corriente, pero subterránea, una cosa palpitante y viva que no tenía nombre los unió momentáneamente en la oscuridad de aquel arco cubierto de enredaderas. ¿Tú qué harías?, le preguntó el marrano, con la voz cristalina y aguda de una niña. ¿Tú qué harías para convencerla? Polo pensó en las nalgas de la Zorayda, las nalgas redondas y morenas de su prima, pegadas a su ingle mientras él creía que la violaba, y se encogió de hombros. Jamás te las dará por gusto, nomás te agarra de pendejo, eres su botana. A lo mejor no es cosa de convencerla, ¿no?, dijo el marrano, tras pensar un segundo. A lo mejor es cosa de obligarla. Y terminar en el bote, cogido por una fila de malandros, le espetó Polo. ¿Qué no sabes lo que le hacen a los violadores allá adentro? Ojo por ojo, culo por culo. Pero soy menor de edad, y mi papá es abogado, de los chingones; jamás dejaría que me refundieran, eso es para los jodidos, como él dice. Por muchas influencias que tenga tu jefe, por mucho billete que suelte, ¿no ves que el marido sale en la tele?, le replicó Polo. ¿Tú crees que Maroño no tiene sus propios paros? ¿Que se va a quedar cruzado de brazos, viendo cómo le metes el chorizo a su vieja? A lo mejor si nadie sabe que fui yo, propuso el gordo, y Polo se cagó de la risa. Loco, le dijo, ahogándose con el humo del cigarro, no digas mamadas, no hay manera de confundirte: gordo, güero, con voz de pito, no chingues. El marrano se quedó callado, con esa sonrisa suya tan obscena, puros dientes blancos, grandotes, cuadrados, que en medio de la oscuridad apenas iluminada por la luz trémula de la linterna parecía la sonrisa de un gato mágico y exasperante que Polo vio una vez en una caricatura. Si la mato después, no va a poder acusarme con nadie, dijo, en voz bajita. Polo meneó la cabeza. Igual te van a trabar. Va a llegar la policía y van a preguntar. ¿Tú crees que el marido y los chamacos no se dan cuenta de cómo la miras, como si fuera la última coca del desierto? ¿Tú crees que el señor no va a decir: seguro fue ese pinche gordo puñetas que se la vive metido aquí dentro? Pues entonces lo mato al bato, a la verga, dijo el gordo, en un arranque de ira, el primero que Polo le conocía. ¡Los mato a todos, para que crean que fue por otro pedo! ¡Un asalto! ¡Una venganza! ¡O ya sé: los cortamos en pedazos y que piensen que fueron los narcos!

Al principio Polo pensó que todo era pura mamada, pero a partir de esa noche, una de tantas que se empedaron con caña hasta terminar guacareando sobre los escalones de piedra, se dio cuenta de que el gordo hablaba en serio, tanto que hasta había empezado a incluirlo en sus planes sin preguntarle siquiera si estaba de acuerdo. ¿Por qué confiaba en él? ¿Por qué le contaba todo eso? ¿De verdad pensaba que eran amigos? ¿O no sería acaso una trampa, un cuatro que el marrano le estaba poniendo para acusarlo con el puñal de Urquiza? ¿Qué tenía en la cabeza aquel pinche güerito de cagada, hijito consentido al que nada le hacía falta, a quien todo el mundo protegía? No trabajaba, no estudiaba, no movía un solo dedo para forjarse un futuro porque tarde o temprano sus abuelos le comprarían uno, costara lo que costara. ¿Por qué alguien así querría mandarlo todo a la mierda nomás para meterle la ñonga a una maldita perra y decirle que la amaba? Definitivamente tenía que estar loco el cabrón, pero loco de manicomio, y definitivamente Polo lo estaba también, por no mandarlo a la verga de una buena vez, por haberse pasado tantas horas escuchándolo como hipócrita y riéndose de sus pendejadas y dándole cuerda nomás para chupar gratis y no tener que verle la jeta —y la panza— a la zorra de la Zorayda ni tener que soportar las estupideces que ladraba su madre. Ése había sido su error, otro pinche error más en su vida, les diría: pensar que todo era pura guasa, pura faramalla y no haberse abierto a la chingada y dejado de frecuentar al gordo cuando el cabrón consiguió la pistola.

Era de su abuelo, supuestamente: un cuete negro, macizo, una Glock 19, había dicho el marrano, una *chulada*. Al viejo le mamaban las armas; tenía también un revólver, pero él personalmente prefería la Glock porque era mucho más precisa y también más liviana. A ver, le dijo Polo cuando el gordo la sacó de su bolsillo; quería tocarla porque al chile la madre esa parecía de juguete, puro plástico negro, opaco; seguramente el chamaco idiota lo estaba cabuleando y si apretaba el gatillo saldría una flama de encendedor, o un chorrito de agua. Pero el marrano se hacía pendejo, como si no lo escuchara, y no dejaba que Polo viera bien el arma, estaba demasiado oscuro en los escalones y la pistola era una sombra entre sus pequeñas manos de tamal. Incluso el muy pendejo trató de hacerla girar en su índice, como los vaqueros de las películas, pero en algo la cagó porque la pistola se le resbaló y cayó sobre la piedra múcara. Cuidado, pendejo, gritó Polo, saltando del escalón en donde estaba sentado. El gordo se rio a carcajadas. No tiene balas, baboso, se burló, mientras se agachaba a recogerla. Qué tal si se dispara, animal, le reclamó Polo, a dos metros de distancia. Cálmate, mira, está descargada, le explicó el gordo, tirando de la corredera y produciendo varios chasquidos para mostrarle la recámara vacía, pero Polo estaba demasiado lejos para ver nada. Voy a chingarle unas balas a mi abuelo para que la probemos. El otro día me enseñó a disparar. Me llevó a un terreno en la playa y estuvimos un ratote dándole a unas botellas. Está bien perro atinarles de lejos, pero de cerca no hay pedo. Carraspeó nervioso y luego se limpió las babas con el dorso de la mano que sostenía el arma.

Polo se acercó de nuevo, con recelo. Seguía teniendo la sospecha de que todo aquello era una broma, que la pistola era de mentira y el gordo nomás lo estaba haciendo pendejo. No se imaginaba al abuelo de Franco —un viejo rancio y encorvado, seco como un palo, con cabellos ralos y grises relamidos contra su cráneo— disparando un arma, era risible. Parecía más bien la clase de ruco que coleccionaría monedas antiguas, o billetes de esos que ya no valían nada, o mariposas clavadas a cartulinas, cualquier cosa menos cuchillos y pistolas. A verla, le pidió al gordo de nuevo, extendiendo la mano. El gordo sonrió y le apuntó a la cara. ¡Que no me apuntes, hijo de la verga!, gritó Polo. Te da miedo, ¿verdad?, rio el marrano. ¿Te da miedo mi pistola? Me da miedo tu pendejez, balbuceó Polo, las manos alzadas. El gordo finalmente cedió y se levantó del escalón; tomó la pistola por el cañón y le ofreció la cacha a Polo. Apenas pesaba. En la oscuridad, rodeado por el febril coro de las sabandijas del manglar, sintió ganas de hacer gansadas: tomó el arma con las dos manos, como los policías de las películas, le apuntó al gordo a la barriga y tiró del gatillo. PUM, gritó, pero el gordo ni siquiera se movió de donde estaba. No tires en seco, baboso, la vas a joder, lo regañó. ¿Hace mucho ruido?, preguntó Polo. El marrano se encogió de hombros, o eso pareció en la penumbra. Leve, dijo. ¿Leve? ¿Cómo leve?, no mames. Podemos ponerle una almohada, sugirió el gordo, como silenciador, o un guante de esos de cocina, lo leí en una página de internet. Qué mamada, respondió Polo, y volvió a tirar del gatillo, ¡PUM!, toma esto, pinche marrano culero, muere, maldito, muere. Bueno, ya dámela, dijo el gordo, te estás poniendo nervioso. Nervioso tu culo, le respondió Polo, con una enorme sonrisa de satisfacción, pero al final le devolvió la pistola. No se dio cuenta de que las manos le temblaban hasta que se llevó el cartón con caña a la boca. Encendió un cigarro y se puso a sacudir la ceniza inexistente, para disimular su agitación. El gordo tuvo cuidado de ponerle seguro a la pistola antes de meterse el cañón en la apretada cintura de sus bermudas. Se siente bien chingón traerla, suspiró. Ojalá te vueles los huevos, repuso Polo, y se dobló de risa. Por primera vez sentía que podía decirle al marrano lo que realmente pensaba, y era en verdad liberador. El gordo lo miró con extrañeza pero instantes después también se carcajeaba con esa risa suya, aguda y ridícula, que provocó aún más hilaridad en Polo, hasta que ambos terminaron tumbados sobre la broza podrida de los escalones, sus risotadas histéricas rebotando entre los roñosos muros de las ruinas.

Es bien fácil, dijo el gordo, cuando al fin lograron calmarse. Entramos a la casa y nos vamos sobre el bato, lo amordazamos, amordazamos a los niños y la obligamos a que se encuere. A mí me vale verga si se encuera, dijo Polo, aunque una parte de él sí tenía curiosidad de ver el cuerpo de la doña desnudo, pero nada más para quitarse la duda, por pura curiosidad sin morbo. Bueno, yo me hago cargo de eso, y mientras tú te chingas lo que quieras, continuó el gordo. Polo no dijo nada. Siguió bebiendo hasta que el potente gusto de la caña se volvió insípido y el murmullo de la lluvia a su alrededor y los susurros provenientes de la casona a sus espaldas —de las lagartijas arrastrándose por la maleza, seguramente, o tal vez alguna jaiba alebrestada por la luna llena— se apagaron a su alrededor y lo único que podía escuchar era la voz del marrano, hablando casi en susurros, como si temiera que alguien pudiera oírlos en medio de aquella jungla, y de pronto se preguntó a sí mismo: ¿Por qué no? ¿Por qué chingados no? Ya nada tenía sentido, todo le daba igual. Al fin y al cabo, a él qué carajos le importaba lo que le pasara a la vieja esa y a su insoportable familia, bola de alzados que se creían merecerlo todo. A lo mejor ésa era su oportunidad para llegarle a la verga de Progreso, de la casa de su madre, de las garras de Zorayda y de aquel trabajo de mierda que nomás le parecía una afanosa subida por una cuesta interminable. El gordo lo haría todo; el gordo conocía las costumbres de los señores, de los chamacos, hasta de Griselda, la sirvienta que los domingos se largaba a Progreso para regresar el lunes por la mañana temprano. El gordo sabía que había que sorprenderlos cuando ya estuvieran acostados, de madrugada, entrar por la puerta de la cocina que los muy confiados dejaban siempre abierta, amagarlos y amarrarlos, dejar que el gordo hiciera sus cochinadas y luego chingarse todo lo que pudieran; el chiste era fingir que había sido obra de ladrones, rateros profesionales y despiadados. Meterían todo en la camioneta de la doña y saldrían del fraccionamiento por la puerta de los residentes, que se abriría automáticamente, y nadie podría ver quién conducía si llevaban pasamontañas cubriendo sus rostros y, de todos modos, si lo hacían aquella misma semana, el próximo domingo en corto, no habría broncas con el vigilante porque le tocaba a Rosalío cubrir el turno de la noche, y el bato era un huevón cinicazo al que todo le valía gorro y se quedaba dormido antes de que dieran las doce.

Aquella noche y las que siguieron Polo ya casi no pudo dormir, a pesar del medio litro de caña que ahora bebían a diario en el zaguán de la casona abandonada, y a pesar también del cansancio aplastante que sentía a todas horas. Le hubiera gustado poder dormir dos días seguidos, pero cada vez que se recostaba sobre el petate, entre lamentos, su corazón comenzaba a palpitar y su mente parecía incapaz de dejar de girar en torno a los mismos pensamientos, negros y fragorosos y tan disímiles que tardaba horas en ordenar: las joyas de la pinche vieja, los relojes del marido, las consolas de videojuegos, los televisores repartidos por toda la casa, según el gordo; la Grand Cherokee blanca, la caseta de vigilancia solitaria en medio de la madrugada, el muelle inútil, las gruesas ramas ondulantes del amate, el río negro fluyendo indiferente a todo, las luces del puente temblando en la corriente, el rostro pálido y ojeroso de Milton, su sonrisa al verlo llegar a bordo de aquella flamante camioneta, blanca como la nieve. Pero en ningún momento, en ningún instante, les diría, jamás de los jamases le pasó por la cabeza la imagen de sí mismo haciéndole daño a los Maroño. Él no tenía nada contra ellos y no pensaba matar a nadie, no pensaba violar a nadie; todos esos planes eran de otro, del pinche gordo obsesionado. A Polo nadie podría acusarlo de nada que no fuera de robo, y en el momento mismo en que le preguntaran él diría la verdad absoluta: que todo había sido culpa del gordo y de la calentura que le comía el cerebro, que se chingara. Su familia tenía lana para librarse de los investigadores, para sacar al chamaco al extranjero si hacía falta, y comprar el silencio de medio país, ventajas de las que Polo carecía: si su madre llegaba a enterarse, ella misma lo entregaría a las autoridades, por eso tenía que ponerse verga, pensar las cosas con claridad, no dejar ni un solo cabo sin atar, y sobre todo, no confiar en los planes del gordo. Si el asunto salía mal, si algo se cebaba, tenía que estar listo para echarse para atrás y salir por piernas del fraccionamiento, huyendo por el muelle, o tirándose de cabeza al río, si hacía falta. Total, ¿cuánto le tomaría nadar hasta la otra orilla? ¿Veinte minutos, tal vez? ¿Media hora? Hacía meses que no lo hacía, meses que no se tiraba un clavado al río para sacarse el calor de encima, pero no debían ser más de setenta metros, ochenta a lo sumo, lo que habría que nadar para alcanzar la otra orilla, aunque había que tener en cuenta también lo terriblemente traicionera que solía ser la corriente en ese punto, tan cerca del recodo que conducía a las aguas abiertas del estuario. Uno nunca podía fiarse de la engañosa placidez que reinaba en la superficie, mucho menos durante la temporada de lluvias, cuando hasta el bato más ducho podía ahogarse en un abrir y cerrar de ojos al quedarse enredado entre las ramas de un árbol arrastrado por la corriente, sobre todo si entraba solo, y de noche, con la culpa persiguiéndolo, pero, ¿cuál culpa? Él no pensaba matar a nadie, no pensaba en ninguna violencia; se limitaría a reunir las cosas en la camioneta y luego se las ofrecería a Milton para que lo ayudara. Le llevaría la Grand Cherokee y todas las cosas que metería dentro, le ofrecería la vida del gordo pendejo si hacía falta; su familia tenía un chingo de dinero y *aquellos* podrían pedir un jugoso rescate por el chamaco; él nomás se los estaba poniendo, no quería ninguna clase de pago o de crédito, su primo podía quedarse con las ganancias, de verdad que no le importaba. Lo único que Polo quería era que su primo, su pariente casi de sangre, le echara la mano. No podría negarse, ese tipo de cosas calaban a Milton. Ni siquiera le estaba pidiendo tanto, ¿no? Nomás que le hiciera el paro, por un ratito, por eso tenía que hablar con él, para explicarle que su ambición no era volverse pepencha, ni halcón, ni asesino, ni tener ninguna clase de puesto en la organización; no quería ser el gato de nadie pero estaba dispuesto a chingarse un rato a cambio de escapar de aquel aprieto que era su vida desde la muerte de su abuelo, sólo eso; ya luego vería él cómo zafarse, pa dónde pelarse, algo se le ocurriría después, cuando todo pasara y el gordo hiciera lo que tenía que hacer, si es que la cosa realmente iba en serio y el muy puñal no se rajaba, pero no quería pensar *demasiado* en eso, en la vieja y los niños y el pelón engreído aquel que siempre actuaba como si Polo fuera invisible, menos cuando quería que recogiera la mierda que los perros dejaban frente a la puerta de su casa. No quería pensar en ellos, ni imaginarse nada de lo que pasaría, sólo quería concentrarse en la cara de asombro que Milton pondría cuando Polo bajara de la Grand Cherokee y le entregara las llaves, y por eso llevaba días marcándole a su primo, al celular privado que le había dado la última vez que hablaron, y cuando éste comenzó a mandarlo a buzón, se gastó su crédito en mensajes, rogándole que le llamara, lo que finalmente ocurrió el viernes a mediodía, cuando Polo menos se lo esperaba, acuclillado como estaba en una posición ridícula, en medio del extenso prado que separaba el parque de Páradais de la zona de la alberca, los ojos clavados en un estúpido montículo de tierra suelta que una diligente tuza había excavado aquella misma madrugada, rasgando el impecable manto de pasto inglés de los jardines. A menos de tres metros a su derecha se abría un segundo agujero en el que también podían distinguirse las garritas de la bestia profanadora que Urquiza le había ordenado exterminar sin clemencia. Con la estulticia que lo caracterizaba, el administrador había ideado un plan disparatado que su subordinado estaba obligado a acatar. El muy imbécil pretendía que Polo inundara la madriguera de la tuza: debía colocar una manguera abierta dentro de uno de los agujeros y esperar mientras tanto junto al otro, machete en mano, para sorprender a la infame alimaña cuando saliera huyendo de la madriguera anegada. Polo estaba tan cansado que ni siquiera se había molestado en explicarle a Urquiza que aquella idea no funcionaría ni de pedo: todas las noches caía un torrente sobre aquel prado, las tuzas estaban preparadas, de hecho, les encantaba el fango. Lo único que las aniquilaría sería una buena dosis de veneno para ratas, pero también sabía que Urquiza se negaría tajantemente a usar cualquier tipo de químico: se armaría una revuelta en su contra si alguna de las numerosas mascotas del residencial resultaba muerta o intoxicada. Lo mejor era callarse la boca, ahorrar energías y obedecer el plan de su patrón, por estulto que fuera. Así que ahí estaba Polo, sudando la gota gorda bajo el sol despiadado de julio, de cuclillas frente al montículo de tierra negra removida, la gorra echada para atrás y el machete preparado, un samurái agrícola a la espera del ataque, o más bien un absurdo villano de caricatura que no tardaría en llevarse un buen chasco, cuando de pronto le pareció que el teléfono que llevaba en el bolsillo del peto vibraba. Dejó el machete a un lado para poder hacerle casita a la pantalla. Número desconocido. Seguro era Milton. ¡Qué iris, papirriqui, qué transa!, lo saludó la voz jovial de su primo, su casi hermano. Le llamaba de rapidín, explicó, aprovechando unos minutos que tenía, para hablar con su carnalito; había visto sus mensajes, pero no había tenido chance de responderle, lo traían en chinga y las cosas estaban más cabronas que nunca, él podía imaginarse, había que rifarse como fuera, seguir adelante, asegurar la confianza de *aquellos*, ya qué pedo, no le quedaba de otra, risas nerviosas y al fondo el murmullo de una radio pitando. Polo se había puesto de pie y caminaba distraído por el jardín, el celular bien pegado a la oreja para no perderse ni una sola palabra, la mirada clavada en la yerba despampanante, sin darse cuenta de que sus pasos lo conducían hasta la calle principal del fraccionamiento, el machete y la manguera olvidados junto a la madriguera. Su primo no dejaba de parlotear frases inconexas, y en algún momento pareció que ya estaba a punto de colgarle cuando Polo se apresuró a interrumpirlo: le urgía, le urgía un paro suyo, le urgía como nunca, ya no podía seguir en Progreso, ni en esa pinche chamba donde lo explotaban, primo, había pasado algo en casa, un pedo con la Zorayda, no podía explicarle ahora, no sabría ni por dónde empezar, pero quería que Milton lo presentara con *aquellos*, que lo recomendara, de carnales, cabrón, de *carnalitos*, Milton, por Dios que no saldría de puto, por la memoria del abuelo que aguantaría vara y haría todo lo que le dijeran que hiciera, cualquier cosa que le pidieran; ya no era el mismo chamaco ñengo de la última vez que se habían visto, ya no tenía brazos de señorita como tanto se había burlado; se había puesto méndigo gracias a la chinga que se llevaba en el fraccionamiento, podía ponerlo a cargar bultos si hacía falta, lo que Milton quisiera, pero era urgente que lo ayudara, cosa de vida o muerte salir de ahí, y así siguió, farfullando súplicas hasta que Milton lo cortó, abrupto, con un suspiro malhumorado y un: cabrón, ya habíamos hablado de esto, no puedo, por favor, no me lo pidas, y Polo giró los ojos en las cuencas mientras el pinche hipócrita de Milton le echaba el mismo sermón de la otra vez sobre el trabajo honrado y la carne de cañón y las ganas de morir que le provocaba ese jale, seguido de un silencio breve que de pronto se rompió con la voz del primo mascullando lejos de la bocina, seguramente en la otra radio, y el sonido de la estática y palabras entrecortadas, y Polo tuvo ganas de lanzar el teléfono muy lejos, que se rompiera a la verga contra los adoquines de la calzada, pero entonces Milton volvió, exhalando, exasperado: mira, Polo, le dijo, y él nunca lo llamaba así —siempre era papirri, papirriqui, papirrín—, aguánchame dos segundos, ¿eh?, ahorita te devuelvo la llamada, ¿sí? Y le colgó sin más, sin esperar la respuesta de Polo, que se quedó ahí parado, el celular en la mano, en la orilla del jardín, los ojos húmedos de humillante impotencia. Una camioneta blanca pasó junto a él, las siluetas de los pasajeros totalmente indistinguibles en la oscuridad del vidrio polarizado, menos una carita pálida y mofletuda pegada a la ventanilla trasera, agarrotada en una mueca de burla: Micky Maroño con la lengua de fuera, empañando el cristal con su aliento cálido.

El sábado por la mañana se despertó antes de que sonara la horrenda musiquilla del despertador. Una sed endemoniada lo impulsaba, tiraba de él con cuerdas invisibles. Tenía ganas de empujarse unas caguamas, pero no traía un solo peso encima, de modo que fingió interés en la cháchara mañanera de su madre, a ver si conseguía sacarle aunque fuera un billete de cincuenta pesos, supuestamente para almorzar algo en la tienda de conveniencia. Aquella mañana le tocaba consulta a Zorayda, parloteaba su madre, revolviendo el café azucarado con una cucharita de peltre. Aprovecharía su día libre para acompañarla a la clínica, y tal vez finalmente lograrían averiguar el sexo de la criatura. Zorayda mordisqueaba una empanada reseca y sonreía beatíficamente, la mano instalada en la cumbre de su barrigota. ¿Por qué chingados sonreía tanto últimamente? ¿Por qué se sobaba la panza a todas horas, especialmente cuando estaba frente a Polo? Ya nunca lo buscaba cuando estaban a solas, ni se le pegaba al pasar junto a él en el pasillo, ni trataba de hacerle cosquillas en los brazos, *por aquí va una hormiguita...* Era como si la criatura bastara para llenarla por completo y encendiera, desde adentro, sus ojos de gata con un nuevo y deslumbrante brillo de osadía, de insolencia, al que Polo era incapaz de hacer frente y por eso fingía contar migajas sobre el mantel de plástico de la mesa.

Ese día el gordo no lo buscó, y Polo pensó, con amargo alivio, que se había echado para atrás. Se hizo pendejo en el fraccionamiento hasta que dieron las ocho de la noche, pero nada, el maldito marrano nunca apareció, ni siquiera asomado por la ventana. Rosalío, el vigilante nocturno, se le quedó mirando mientras se quitaba el overol y se vestía con sus ropas de calle. ¿Qué?, lo retó Polo, ¿te gusto? Rosalío lo miró de arriba abajo y se relamió los bigotes disparejos. ¿Qué dices, chamaco? ¿Una caguamita?, sugirió. Si tú invitas, dijo Polo, fingiendo indiferencia. De cualquier manera, beber con aquel miserable era mejor que llegar a casa y enterarse de cosas que no quería saber. Bajó en bicicleta a la tienda de conveniencia con un par de envases metidos en la mochila, le pagó al empleado el líquido con el billete que Rosalío le había dado, y salió a la calle, pero antes de subirse a la bicla decidió volver y comprar un cuarto de caña con el dinero que había sobrado y las monedas que logró sacarle a su madre. Pero en el mostrador ya no estaba el empleado que siempre lo atendía, un flaco alto de cabellos caspientos, sino una pinche vieja gorda de pelos chinos que acostumbraba hacérsela de pedo cada vez que podía. De mala gana le pidió el cuarto de caña pero la muy cabrona se negó a vendérselo a menos que le mostrara su credencial de elector. Polo tuvo ganas de mentarle la madre y arrojar al suelo los exhibidores llenos de golosinas junto a la caja, pero se contuvo a tiempo y logró fingir una sonrisa cínica, lo cual fue una enorme fortuna, pues al salir a la calle se topó de frente con una camioneta atascada de marinos embozados que venía ingresando al estacionamiento de la tienda. Se alejó pedaleando con el culo fruncido, envuelto en las luces rojas y azules de las torretas, luces intermitentes que parecían aullar *peligro, ponte verga*. Las caguamas, desde luego, no les duraron nada por culpa del calor que se respiraba dentro de la caseta de vigilancia. Rosalío, como buen borrachín, se puso bien pedo a los pocos tragos y comenzó a contarle a Polo la historia de su vida, la voz pedregosa por el alcohol, en un monólogo descoyuntado en el que se intercalaban silencios vacilantes y roncos carraspeos que pretendían llenar de sentido las pocas palabras comprensibles que el viejo mascullaba, antes de quedarse dormido con la cabeza hundida entre los brazos cruzados sobre el respaldo de la silla. Polo aprovechó aquel momento para observar detenidamente la pantalla donde se proyectaban en mosaico las imágenes captadas por las distintas cámaras del fraccionamiento. Tal vez nadie había limpiado las lentes en un buen tiempo, o tal vez la resolución en blanco y negro no era muy buena, pues cada vez que el carro de un residente se detenía ante la pluma esperando a que ésta se alzara automáticamente, Polo no alcanzaba a distinguir los rasgos de la persona. El maldito gordo estaba en lo cierto.

Cuando llegó a casa se sorprendió de encontrar a su madre aún despierta, mirando una película en el televisor colocado sobre la cómoda frente a la cama, con el volumen muy bajo para no despertar a Zorayda, que dormía plácidamente acurrucada en la cama contigua, la que Polo solía ocupar antes de que ella se la quitara. El aire del ventilador agitaba los cabellos sueltos de su prima, y de no ser por la panza inmensa que abultaba su vientre, tensando la gastada camiseta que le servía de piyama, Polo habría pensado que aquella muchacha de rostro apacible que se chupaba el dedo en sueños era la misma niña de doce años que conoció durante aquel maldito viaje a Mina. Su madre, recostada entre almohadones, con los cabellos aún húmedos por el baño nocturno, comía cacahuates que sacaba de una enorme bolsa apoyada sobre su vientre; la bolsa crujía cada vez que metía y sacaba la mano, pero el ruido no despertaba a Zorayda. Las contempló largo rato desde la oscuridad del umbral, hasta que ella notó su presencia con un sobresalto, y cosa rara, en vez de gritarle que era un pendejo y preguntar por qué carajos llegaba tan tarde, lo invitó a pasar a su recámara y acompañarla, como en los viejos tiempos, cuando miraban juntos la televisión por las noches, uno al lado de la otra pero cada quien en su propia cama. Polo dudó un segundo, pero terminó por entrar y tomar asiento al borde del colchón de su madre, lejos de la trayectoria del ventilador, para no ofenderla con su escandalosa peste a sudor y cerveza rancia. La televisión proyectaba una escena de romance: en lo que parecía ser la habitación de una muchacha, un joven rubio y espigado, de rasgos marcadamente europeos, y una joven igualmente pálida, con el cabello peinado en rulos castaños, se besaban castamente mientras un cantante fantasmal de voz meliflua y afectada hacía un recuento, acompañado de una guitarra lejana, de las emociones que un hombre siente cuando ve por primera vez a quien sabe con certeza que algún día será su amada, comparando la experiencia con el glorioso surgimiento del sol detrás de un paisaje gris y devastado, con el aleteo de una mariposa de alas recubiertas de joyas nacaradas, e incluso con el estremecimiento de la tierra producto de un sismo de intensidad considerable. Luego, la voz del cantante se desvaneció para dejar oír las tiernas palabras de amor que la pareja intercambiaba entre arrumacos, hasta la intempestiva aparición de un hombre maduro de espesas patillas en el vano de la recámara. La pareja se separó y el muchacho rubio fue obligado a gritos a desparecer de la escena, mientras la chica de los rulos, el rostro surcado de lágrimas súbitas, se derrumbaba sobre la cama y lloraba con la cabeza enterrada en un almohadón de color batido de fresa. La cortina musical, esta vez ya sin voz y con acentos más bien compungidos y funestos, se intensificó y luego desapareció cuando un fundido a negro dio paso a un comercial de toallas sanitarias. Su madre entonces soltó un gruñido burlón e hizo un comentario que Polo no alcanzó a registrar, pero que le sirvió de pretexto para ponerse de pie y anunciar su retirada. ¿Qué tienes, mijo?, le preguntó su madre. ¿Cansado? Polo asintió. Me voy a dormir. Su madre no quitaba la mirada de la pantalla mientras masticaba ruidosamente. Órale, respondió, la boca llena. Polo fue hasta la sala, se desnudó y se recostó sobre el petate impregnado de sus humores, pero apenas pudo dormir. Aquella noche no llovió, pero un súbito viento furioso se alzó desde la costa y pasó buena parte de la madrugada fustigando las ventanas y las puertas, estremeciéndolas en sus marcos y haciéndole pensar a Polo que alguien —tal vez su abuelo salido de la tumba, pensó incoherentemente, en algún momento antes del alba— quería ingresar por la fuerza a la vivienda. Cuando el reloj despertador de su madre sonó, le pareció que sólo había podido dormir durante media hora. Se estiró sobre el petate y llevó a cabo un minucioso inventario de sus molestias: le dolía la cabeza y la garganta, los pies y las rodillas, sentía una vaga sensación de náuseas en el estómago y una pesadez morbosa que lo mantenía clavado al piso y que sólo los gritos de su madre consiguieron disipar: ¡Otra vez se te hace tarde, huevón! ¿Quién chingados te crees que eres?

Pasó la mañana del domingo con un humor de perros. A la hora de la comida bajó a la tienda de conveniencia, compró una cocacola y se la bebió bajo el letrero que prohibía el consumo de bebidas alcohólicas en aquel sitio, mientras miraba los numerosos autos que se detenían, la gente ataviada en trajes de baño que paraba de camino a la playa para comprar chucherías y bebidas frescas; hombres panzones en bermudas, mujeres ataviadas con ridículos sombreritos de paja que el viento amenazaba con arrancarles, y niños llorones arrastrando tras de sí sus cubetas, sus palitas, sus orcas inflables. Era un día perfecto para asolearse; tal vez por eso no le extrañó descubrir al gordo echado sobre uno de los camastros que rodeaban la alberca, vestido con el mismo traje de baño que llevaba puesto la primera vez que chuparon juntos en el embarcadero, durante las postrimerías de la fiesta de cumpleaños del aborto viviente de Micky Maroño, quien por cierto también se encontraba en la terraza aquella tarde, chapoteando ruidosamente en la piscina infantil en compañía de otros dos chiquillos residentes, bajo la agobiada mirada de una sirvienta en uniforme. Polo se acercó con naturalidad y comenzó a recoger la basura que ya empezaba a acumularse en el área, aproximándose cada vez más al gordo, que fingía dormitar con las manos cruzadas bajo la cabeza y el rostro a medias cubierto por un par de lentes oscuros. Hasta los pelos de sus axilas eran rubios, o más bien, de un tono pardo descolorido; su vientre, flácido y aceitoso por el bloqueador, surcado de estrías encarnadas, era una gran tentación para los puños de Polo. Apartó la mirada para ver cómo Micky, desobedeciendo las nerviosas órdenes de la sirvienta, se acercaba al borde de la piscina principal y se arrojaba dentro con impaciencia. Su pequeña silueta, escurridiza y nervuda como la cría de un cocodrilo güero, se deslizó muy cerca del fondo y se demoró en emerger, los ojos verdes sobresaltados, los bracitos agitándose en el aire y la boca bien abierta en una sonrisa chimuela, para alivio de la muchacha que, mano morena sobre el pecho trémulo, ya estaba a punto de arrojarse al agua para rescatar al escuincle malcriado. Regaños y reprimendas tímidas, la risa relente del chamaco, el cielo blanco, descolorido, empañado por el fulgor del sol inconmovible, el agua límpida y azul como ninguna otra agua que Polo hubiera visto antes. Qué ganas de zambullirse en aquella piscina, ante los ojos espantados de la sirvienta y de los mocosos insufribles; qué ganas de huir del calor sumergiéndose, como el chiquillo, hasta el fondo de esa agua cristalina, hasta rozar con su vientre el suelo azul de mosaicos atildados, y no el fondo lleno de cieno, pegajoso y descompuesto, del Jamapa, la única "alberca" que Polo conocía. Una brisa inquietante subió del río, trayendo consigo el aroma del limo, y el gordo a su lado pareció despertar de su ensueño. Quién sabe en qué estaría pensando, pero ahora sonreía. Polo fingió recoger unas colillas junto al camastro. ¿Listo?, dijo el marrano. Su voz sonaba ronca, destemplada. ¿Qué te pasó?, le preguntó Polo, al ver la sombra rosácea, bordeada de violeta, que sobresalía del marco de los lentes oscuros, sobre el ojo izquierdo del marrano. La sonrisa de Franco se congeló en su rostro antes de hacerse más grande, más muerta. Mi papá vino de visita, dijo, y los abuelos le contaron mis gracias. ¿Te castigó?, inquirió Polo, pero el gordo se encogió de hombros y enseguida descruzó las manos; uno de sus dedos, el medio de la mano derecha, estaba envuelto en un vendaje rígido. ¿A las nueve entonces?, le preguntó a Polo. ¿Seguro que te van a prestar el coche? El gordo metió una mano al bolsillo del traje y sacó el llavero del Honda de sus abuelos. Polo se dio la vuelta con la bolsa de basura en la mano, el corazón temblando en la caja de su pecho.

La lluvia se soltó a las siete pasadas, un chaparrón súbito y ruidoso que lo obligó a refugiarse en la caseta de Rosalío. El vigilante le daba besitos a una botella de anís dulce sin etiqueta. Polo se desvistió para ponerse sus ropas de calle. Échate un trago, chamaco, le ofreció Rosalío. ¿Ya te vas, tan temprano? Urquiza dejó dicho que trapearas la terraza. Está lloviendo, que no mame, repeló Polo, ya no hay nadie en la alberca. Rosalío lo miró extrañado. ¿Por qué la prisa? ¿Se te seca el cuajo por ir a ver a una nalguita? Risa imbécil, el tufo empalagoso del destilado en su aliento. Polo le arrebató la botella y bebió un sorbo. Aquella cosa era tan corriente que su garganta se cerró, lacerada. Su puta madre, dijo, entre toses. ¿Cómo puedes chupar esta porquería? Uy, uy, qué fino, se burló Rosalío. La lluvia arreció. Desde la ventana de la caseta apenas se podían distinguir las casas del fraccionamiento; la del gordo, por ejemplo, había desaparecido detrás de una cortina plomiza. Rosalío manoteó contra la pared hasta que encontró el interruptor de la luz. Échate otro trago, chamaco, en lo que escampa tantito, propuso, pero Polo se negó. Era mejor que el viejo se bebiera entera la chingadera esa, para que en la madrugada estuviera bien pelado, como muerto en aquella mugrosa silla de plástico. Se quedó un rato más, unos veinte minutos que se le hicieron eternos, a medias oyendo las pendejadas de Rosalío, a medias tratando de averiguar cuándo escamparía el aguacero, hasta que la lluvia se calmó lo suficiente como para poder largarse de ahí sin parecer un demente. Cogió la bicicleta pero no se subió, la arrastró del manubrio y se internó en el terreno contiguo, cuidándose bien de que no hubiera nadie en la calle que pudiera verlo. Atravesó el terreno hasta llegar a la casona abandonada, donde escondió la bicicleta en un rincón del zaguán. Para entonces la tormenta ya no era más que una llovizna que escurría en gruesos goterones por entre las apretadas copas de los árboles. Se fumó un par de cigarros de pie, para no mojarse los fondillos con la humedad de los escalones, caminando en círculos mientras cantaba entre dientes, *voy a llenarte toda toda*, cualquier mamada que le viniera a la cabeza, *lentamente y poco a poco*, una y otra vez, para no pensar en los susurros, *con mis besos*, en los ojos fantasmales que seguramente lo espiaban desde la oscuridad interior, hasta que dieron las nueve en punto en la pantalla de su teléfono. Cruzó el terreno y se asomó a la calle, donde Franco ya lo esperaba a bordo del auto de sus abuelos. No vayas a ensuciar la tapicería, que me van a coger si dejas manchas, fue lo primero que dijo el odioso marrano. Polo se imaginó a la abuela de Franco, una vieja gordísima de blancos cabellos rizados, montada encima del cuerpo pálido y rechoncho de su nieto, completamente desnuda, los pechos sonrosados sacudiéndose como bolsas flácidas, mientras el carcamal reseco del abuelo los miraba de cerca, su jeta torcida hacia abajo, jalándose el pellejo con desgana, y sacó la lengua en una mueca de asco. El gordo conducía con habilidad, sin nerviosismo, pero Polo no podía evitar sujetarse del asiento y la manija. Aunque había dejado de llover, los relámpagos aún surcaban cada pocos segundos el cielo henchido de nubes negras. Ya había anochecido por completo pero el marrano pendejo aún llevaba puestos los lentes oscuros. Estuvo a punto de decirle que se los quitara; quería ver el guamazo que su padre le había acomodado, seguramente por hocicón e insolente, pero pensó que no era el momento. Que hiciera lo que quisiera. No volvió a abrir la boca sino hasta que llegaron a la sección de ferretería del Walmart, donde tenían que elegir con qué amarrarían y amordazarían a los Maroño. El marrano ya había echado cuatro paquetes de cinta canela al carrito de compras, donde además llevaban dos pares de pantalones negros, medianos para Polo y extragrandes para el gordo, dos sudaderas, también negras, dos paquetes de medias de mujer —las más oscuras que pudieron conseguir, porque en esa época del año no vendían pasamontañas ni guantes en la tienda, como habían planeado—, dos linternas y baterías de repuesto. Polo estaba seguro de que aquella no era la cinta correcta. Ésta no es, cabrón, le reclamó al gordo en voz baja. Cómo chingados no, resopló aquel. ¡Te digo que no va a servir, tiene que tener hilitos, pendejo! ¡Qué hilitos ni qué la verga, pinche ignorante, de qué estás hablando! ¿Puedo ayudarles en algo, caballeros?, canturreó una vocecilla gangosa a sus espaldas. Era una muchacha, adolescente como ellos, vestida con un enorme chaleco naranja y gruesas gafas de pasta negra. Queremos de esas cintas grises…, balbuceó Polo. ¿Cintas grises?, repitió ella. Sus dientes amarillos, atravesados por alambres y ligas de ortodoncia, lo ponían nervioso. Sí, de esa cinta gris que tiene como hilitos, logró explicar. ¡Ah!, exclamó la muchacha, ¡usted está buscando cinta de secuestrador!, y se agachó para hurgar al pie del estante. El gordo soltó una risita histérica y Polo tuvo que meterle un codazo y un buen pisotón. Así es como le dice la gente, dijo la muchacha, con su sonrisa llena de fierros. Tuvieron que esperar a que se largara para tomar cuatro rollos más y enfilar finalmente hacia las cajas. El marrano, con los lentes oscuros aún puestos, aventó las cosas sobre la banda, y hasta lo último puso dos cajas de condones que cogió del exhibidor que estaba junto a las revistas y los chocolates. Casi se me olvidan, dijo, guiñando un ojo, y Polo sintió nauseas.

Observó cómo las cosas avanzaban por la banda y por un segundo tuvo la certeza de que la cajera, una mujer de cabellos teñidos de cobrizo violeta y arrugas pronunciadas en la cara, llamaría a la policía cuando viera lo que estaba a punto de cobrarles; era tan obvio para qué querían todo eso, el pinche gordo era un pendejo y él lo era más, por hacerle caso. Seguramente la policía estaría esperándolos afuera cuando salieran; incluso le pareció que podía escuchar las sirenas aullando en las cercanías. Y todavía el imbécil retrasado mental del gordo se había puesto a sacarle plática a la pendeja cajera: que si la lluvia, que si las calles inundadas, que si las goteras en el supermercado; parecía que quería que la pinche vieja se acordara de ellos. Polo se encasquetó la gorra hasta las cejas; no sabía dónde poner las manos, si colgando a los lados de su cuerpo, si cruzadas sobre el pecho, si metidas en los bolsillos de sus pantalones. Miraba a su alrededor y le parecía que había cámaras por todas partes y no entendía por qué el gordo se tardaba tanto en pagar y abrirse a la chingada. Sintió una punzada en la vejiga pero no supo si eran ganas de orinar o simplemente la pesadez helada del pánico. El súper estaba lleno de gente ansiosa, malhumorada por tener que hacer a esas horas del domingo las compras de la semana; lo único bueno era que la cajera parecía tan hastiada y fatigada de llevar tantas horas parada, atendiendo pendejos a granel, que apenas respondió con monosílabos a la cháchara exaltada del gordo, y ni siquiera alzó la mirada a la hora de entregarle el cambio y el ticket, pues ya le urgía empezar a cobrarle al pobre diablo que seguía en la fila detrás de ellos. Cuando al fin salieron del supermercado, Polo se detuvo un instante para recoger del suelo el ticket que el gordo había hecho bola y tirado a la entrada de la tienda. Es evidencia, tarado, le reclamó. El gordo peló los dientes cuando vio a Polo desarrugar el ticket entre sus manos y luego rasgarlo en pedazos diminutos que guardó en su puño hasta que pudo arrojarlo por la ventanilla del auto, mientras cruzaban el puente.

El plan era que Polo entrara al fraccionamiento en el interior de la cajuela, para evitar que lo vieran, y que permaneciera escondido en la cochera de los Andrade hasta que el gordo fuera a buscarlo a las tres de la mañana, hora en la que habían acordado dirigirse a la casa de los Maroño. A Polo no le gustó nada el escondrijo en donde el gordo pensaba ocultarlo: un pequeño baño de servicio, apenas un pasillo diminuto con un fregadero inservible y un excusado sepultados bajo una muralla de cajas, pilas de viejas revistas, latas de pintura y una diversidad asombrosa de chácharas, entre ellas una enorme bolsa de palos de golf y un ventilador de pedestal, y en el que Polo apenas cabía de pie. Discutieron en susurros por espacio de un minuto y el gordo terminó por empujarlo dentro. Duérmete un rato, murmuró, antes de cerrar la puerta con llave. Polo tuvo ganas de ponerse a gritar para despertar a la casa entera, pero se conformó con mover algunos objetos para hacer un espacio en donde finalmente pudo sentarse, abrazar sus rodillas y recargar su cabeza contra los antebrazos. No podía dormir, pero tampoco se atrevía a repasar nuevamente los detalles del plan; su mente divagaba. ¿Realmente estaban a punto de hacerlo? ¿De verdad estaba tan loco como el pinche gordo para seguirlo en aquel plan insensato, ridículo, pueril? ¡Y todo para enterrarle el fierro a una vieja! Como si una vil panocha justificara todo ese esfuerzo, toda esa energía, la hecatombe que tendría lugar, el apocalipsis de sus vidas, todo arrasado por un maldito coño que era exactamente igual a cualquier otro: un hueco negro, baboso, lamoso, hediondo a ciénaga podrida. ¿Qué tenía en la cabeza el gordo imbécil de mierda? ¿Y si a la mera hora se arrepentía? ¿Y si la vieja le suplicaba de rodillas y el bato la perdonaba? ¿Y si no era capaz de dispararles? ¿Y si los balazos despertaban a los vecinos? Franco iría derechito al titular de menores, o quién sabe si sus abuelos o su padre abogánster podrían salvarlo, pero a Polo, con dieciséis años cumplidos en febrero de ese año, le tocaría la grande, si el cabrón egoísta de Milton se rehusaba a hacerle el paro, o si no conseguía salir del fraccionamiento después del desmadre, pasara lo que pasara. Se moría por un trago. Se moría de sed pero el marrano no había querido comprar nada en el supermercado, según que debían tener la mente clara, puras mamadas; más bien el gordo infecto tenía miedo de que el alcohol le impidiera empinarse a la mera hora, y seguro que ahora mismo se estaba jalando el pellejo con ganas en su cuarto, mientras Polo sudaba y se sofocaba apretujado en aquel cuartito oscuro donde ni siquiera podía mear sin hacer un desmadre que despertara a todos en la casa. Pensó en orinar sobre el fregadero de todos modos, empapando con su orina la pila de revistas que descansaba sobre la porcelana; pensó en forzar la cerradura de la puerta y escapar a la goma, abortar aquel plan descabellado, pero al final terminó por quedarse dormido, con tanto abandono que ni siquiera escuchó cuando Franco abrió la puerta y susurró su nombre: Polo, Polo, ya despiértate, cabrón, y por un momento, Polo pensó que era su madre quien le hablaba, quien lo apresuraba a tirones de ropa y sopapos para que se levantara y fuera a la escuela, a buscar chamba a Boca, a segar el sempiterno césped de Páradais, y quiso darse la vuelta sobre el petate para seguir durmiendo, y fue entonces cuando su cabeza golpeó la bolsa de golf y los palos metálicos tintinearon y Polo finalmente se incorporó hasta sentarse. Ya es hora, cabrón, decía el marrano entre dientes, mientras comenzaba a desnudarse en la cochera; su piel brillaba, pálida y sonrosada, casi por completo lampiña, como la de los cerdos al terminar el proceso de la matanza, roja y velluda tan sólo en las ingles y los huevos. Ya no llevaba los lentes y su ojo izquierdo lucía hinchado y amoratado, lo mismo que el dedo medio de la mano derecha, ahora que se había quitado el vendaje rígido con un gesto de dolor, antes de ponerse la sudadera; incluso la talla extra grande le venía justa y su torso tenía la apariencia de un tamal mal envuelto. Polo se puso de pie con dificultad, el cuerpo entero le dolía y hormigueaba. Tengo que mear, le dijo a Franco. Pues aguántate, le respondió éste. Primero lo primero. El gordo puso una rodilla en el suelo y comenzó a atarse la correa de una funda a la pantorrilla derecha; aún no se había puesto los pantalones y su sexo informe colgaba, apocado, el largo prepucio terminado en punta, arrugado, asqueroso, pensó Polo. De la funda sobresalía el mango de madera de un cuchillo enorme, con una larguísima hoja casi negra, vetusta, seguramente de la edad de piedra. ¿Qué verga es eso?, le preguntó al gordo. Un cuchillo de combate, respondió el muy mamerto. ¿También se lo chingaste a tu abuelo? No, respondió el marrano, subiéndose los pantalones y revisando el correaje. Es mío, el viejo me lo regaló. Era de su padre, de cuando peleó en la guerra. Polo iba a preguntarle de qué guerra estaba hablando, cuando de pronto sus tripas burbujearon y se estremecieron; ahora al parecer no sólo tenía ganas de mear sino también de cagar, por los nervios. Apretó los esfínteres mientras se cambiaba. ¿Listo?, preguntó el marrano. Se veía muy tranquilo pero la voz le temblaba, al hijo de la verga. ¿Y la pistola?, preguntó Polo. El gordo señaló su esmirriada bragueta. La Glock, recalcó Polo, mostrándole el dedo de en medio. Franco soltó una risita, desagradable como el chirrido de una sierra cortando fierro. La llevaba en el bolsillo frontal de la sudadera, le explicó, debidamente cargada. Se pusieron las medias en la cabeza. La sensación era horrible, incomodísima. Por poco sueltan la carcajada cuando se miraron el uno al otro: así de ridículos se veían. No habían hallado guantes de tela en el supermercado, de modo que tuvieron que ponerse guantes quirúrgicos que les hacían sudar las manos. Guardaron la ropa en una bolsa de basura que arrojaron en el contenedor junto a la puerta de la cochera, cuando iban de salida.

Lo que pasó después, entre las tres y las siete de la mañana de aquel lunes de finales de julio, Polo lo recordaría como una sucesión de instantes casi mudos: la lluvia helada que caía sobre sus rostros velados en gruesos goterones tupidos; las ganas de mear confundidas con miedo a la hora de entrar por la puerta de la cocina, abierta y sin seguro, tal como el gordo había previsto; la cantidad de muebles que había ahí dentro: sillones, mesitas, butacas, cojines, estantes y lámparas que llenaban la inmensa sala iluminada por una tira de luz fría que parecía provenir del plafón del techo; la alfombra color crema del suelo; la frescura del aire acondicionado que inmediatamente le congestionó las narices y el pecho; la cara de espanto que puso Andy al sentarse en la cama, cuando abrieron la puerta de su cuarto en la planta baja, junto a las escaleras; la forma en que su cuerpo enjuto se retorcía bajo el peso de ambos, mientras lo sujetaban sobre la cama para inmovilizarlo; lo difícil que fue manipular la cinta gris contra su carne, hacer que los extremos no se pegaran al sujetar las fuertes piernas del muchacho, al torcerle los brazos lampiños contra la espalda y abrirle las quijadas para meterle en la boca la funda de la almohada, entre sollozos ahogados; la ascensión por las escaleras, en total oscuridad; la puerta entreabierta del cuarto del otro niño, el interior atiborrado de juguetes como una fantasía navideña, la cama vacía, las mantas tiradas en el suelo; Maroño asomándose al pasillo, su cara desencajada al verlos, las manos frente a su rostro, la luz de la habitación encendida; la puerta azotando contra el muro después de un breve forcejeo; el cañón de la pistola junto a la cara de Polo; la señora Marián despierta, sentada en la orilla de la cama, el niño Micky llorando en sus brazos, la cara metida entre sus pechos; Maroño cubriéndolos con su cuerpo, las manos extendidas, conciliadoras; *llévense todo*, decía, en los momentos en que Polo alcanzaba a escuchar, mientras le encintaba las manos, los tobillos, *llévense todo, les doy las llaves, la clave de la caja, lo que ustedes quieran, pero por favor,* todo en medio del llanto de la mujer y los alaridos del chiquillo y los gritos histéricos del gordo pidiendo silencio: *cállense, cállense todos, puta madre, no me dejan pensar,* como si no supiera qué más seguía, cuál era el paso siguiente, y la verdad es que Polo tampoco podía acordarse; *el niño, llévate al niño*, dijo el gordo de repente, *llévalo abajo con su hermano, que no se dé cuenta de nada*; los ojos inmensos de la mujer al reconocerlos, con todo y las medias sobre la cara; la fuerza con la que entonces sujetó al niño entre sus brazos, rehusándose a entregarlo, a pesar de la pistola; la sorprendente dulzura con la que Polo de repente comenzó a hablarle: *señora, no se preocupe, yo voy a cuidarlo, voy a llevarlo con su hermano, se lo prometo*; las manos temblorosas de la vieja, al quedarse vacías; su boca pálida surcada de arrugas; la piel flácida y pecosa de sus pechos asomando por el escote del camisón satinado; el estruendo del disparo que hirió a Maroño en la cabeza, el estallido que cimbró el cuarto, la casa entera, la calle lluviosa y seguramente todo el fraccionamiento hasta llegar al mismísimo centro de Boca del Río, mientras el cuerpo de Maroño se desplomaba sobre la mesita de noche, un boquete sanguinolento floreciendo en la cuenca de su ojo reventado; el grito estrangulado que soltó la señora antes de que el gordo la amenazara con el arma; el niño pataleando entre los brazos de Polo, golpeándole las pantorrillas con sus piecitos descalzos; el gordo cerrando con delicadeza la puerta de la recámara; la súbita docilidad de Micky al quedar solo con Polo en la oscuridad del pasillo; el regreso accidentado hasta el cuarto de Andy; el cuerpo flaco del adolescente retorciéndose sobre el suelo, la espalda arqueada, el pecho acezante por el esfuerzo de jalar aire por las fosas nasales enrojecidas, lo único que la cinta no cubría; el hilo de mocos que brotaba de la nariz de Micky y que Polo tuvo que limpiarle con una calceta sucia antes de arrodillarse frente al niño y encintarle las manos; el fulgor del miedo en los ojos verdes, límpidos como canicas, del escuincle cuando Polo le pidió que abriera la boca y mordiera muy fuerte el calcetín anudado; la voz del gordo en su mente —*llévate al niño, llévalo abajo, igual que su hermano, que no se den cuenta de nada*— mientras cubría y cubría con vueltas de cinta la boca de Micky, sus ojos empapados de lágrimas, las narices de nuevo moquientas, y luego al volverse hacia Andy para hacerle lo mismo, cubrirle el rostro entero con cinta hasta no dejar un slo centímetro de piel sonrosada: *que no se den cuenta de nada*; las malditas ganas de rajar alcohol que invadieron a Polo al terminar su labor con los niños y salir al pasillo, cerrando la puerta a sus espaldas; la cara demudada del gordo al recibirlo sin pantalones, el rostro desnudo y despojado de la media, cuando Polo finalmente decidió subir a preguntarle, después de haberse empujado media botella de tequila blanco de la cantina de Maroño, para darse valor, qué parte del plan seguía porque lo había olvidado; los pechos grandes y pesados de la señora, sus pezones morenos sacudiéndose como ubres mientras lloraba, ovillada en una esquina del cuarto, vestida sólo con un calzón rosa; las piernas de Maroño asomando del edredón que cubría su cuerpo, del otro lado de la cama, la mancha de sangre que crecía sobre la tela blanca mientras el gordo paseaba furioso por la habitación, vociferando, *ayúdame a amarrarla, esto es más difícil de lo que creía, no se deja hacer nada*, mientras se tironeaba la verga con la mano izquierda, tratando de salvar su mediocre erección, la derecha sujetando la pistola, la mirada de loco clavada en la mujer acurrucada; el hilito de voz con que la señora se dirigió a Polo mientras éste le encintaba las muñecas: *Polo, ayúdanos, no tienes que hacer esto, Polo, yo sé que tú eres bueno, ayúdanos, por favor*, mientras Polo bajaba una rodilla al suelo para atarle también los tobillos; el patadón que el marrano hijo de puta le metió en las costillas, indignado: *te dije que nomás las manos, verga, ¿cómo me la voy a coger si le amarras las piernas?*, mientras sacaba el cuchillo de la funda de su pantorrilla para cortar la cinta que unía los tobillos de la señora; los arrullos con los que el gordo intentaba calmar a la mujer mientras la acariciaba: *ya, mi amor, tranquila, preciosa, todo va a estar bien, sólo quiero que me la chupes un poco, ¿sí?, sólo un poquito*; la vuelta al piso de abajo, derecho a la cantina de Maroño para curarse el dolor de la patada, pinche marrano idiota; los besos apasionados que le pegó a todas y cada una de las botellas que encontró abiertas; el deambular por toda la casa reuniendo las cosas de valor que tanto había querido chingarse y que ahora le valían madre: las llaves de la Grand Cherokee blanca, el bolso de la señora, la pantalla plana del estudio, la única que pudo llevar a la sala porque las demás estaban atornilladas a las paredes, las consolas de videojuegos, el celular con cámara y la computadora portátil sobre el escritorio del cuarto de Andy, helado por el aire acondicionado y por el silencio que ahí se respiraba, los dos escuincles inmóviles en el piso, las espaldas arqueadas, *que no se den cuenta de nada*; el regreso titubeante a la recámara principal; el grito exasperado de Franco al oír sus toquidos: *¡Qué chingados quieres ahora! ¡No me dejan concentrarme!*; la discusión sobre las joyas y los relojes; el suspiro indignado del marrano antes de volver a tenderse en la cama, al lado de la mujer; los ojos suplicantes de la doña, que siguieron a Polo hasta el vestidor, la piel de sus piernas ahora cubierta de golpes y arañazos; la búsqueda frenética de Polo en cajones y gavetas; el bolso de mano que vació para llenarlo con las alhajas y los relojes que sacó de cajas y bolsas de terciopelo, y que luego se clavó en la cintura de los pantalones y cubrió con la sudadera; la cara de lunático con la que su reflejo lo miró, implorante y feroz, cuando se quitó la media y alzó la vista hacia el espejo; las nalgas chatas y temblorosas del gordo, recostado bocabajo sobre la cama, su cabeza de rizos rubios enterrada entre las piernas abiertas de la mujer, que sollozaba en silencio: ¡qué putas ganas de perder el tiempo!, ¿por qué chingados no se la cogía de una vez y se largaban?; el aullido del viento, afuera, tan parecido al gañido de las sirenas de las patrullas que seguramente ya venían en camino, alertadas por el fragor de los disparos, por los gritos de los Maroño, en cualquier momento tirarían la puerta y los arrestarían; la bendita vuelta a la cantina, los delicados picos a las hermosas botellas de Maroño; la súbita constatación de que tenía que orinar con urgencia o la vejiga le reventaría; el escalofrío que recorrió su columna cuando al fin se desahogó ruidosamente en el perfumado baño junto al vestíbulo; la aprehensión de mirar el teléfono y comprobar la hora que era; la fatiga que lo invadió nada más de recordar que todavía hacía falta meter el botín a la Grand Cherokee blanca; el miedo súbito de que el gordo decidiera meterle a él también un balazo cuando todo terminara; la caída sobre la alfombra mullida, mientras volvía de echarse unos cuantos traguitos más para animarse; el trabajo que le costó pararse del suelo y acarrear las cosas y meterlas en la camioneta, y el coraje que le dio darse cuenta de que estaba llorando, de que gruesos lagrimones le escurrían por los cachetes y que no cesaban de brotar ni aunque se los quitara a bofetadas; el grito horrible, animal, el rugido más bien, que rompió el silencio del pánico de Polo; la carrera frenética por el tambaleante pasillo; la horrible visión de la mujer desnuda en la cima de las escaleras, el cuchillo prehistórico en la mano, las tetas y el rostro manchados de sangre, los ojos dementes mirando hacia abajo; el chorro de heces líquidas que escapó del ano de Polo al recordar la leyenda, la Condesa Sangrienta bajando a buscarlo; el balazo que tronó en el hueco de las escaleras y que mandó a la bruja rodando hasta la planta baja; el llanto del gordo abrazado al cuerpo de ella; los estertores de la vieja al ahogarse en la alfombra manchada de sangre; el insoportable peso del gordo apoyándose contra la espalda de Polo camino a la cochera; el silbido húmedo de los pulmones de Franco, el chorro de sangre que brotaba de su boca entreabierta y que escurría por su pecho hasta caer a la alfombra en goterones negros; el torpe intento del gordo por encender la camioneta; el golpe seco de su frente al desmayarse contra el volante, los tajos burbujeantes en su espalda, las profundas heridas sibilantes que Polo no había visto hasta ese momento; el baile frenético —no sabía de qué otra forma llamarle— que lo poseyó durante algunos minutos, dando vueltas en la cochera sin saber qué hacer, mesándose los cabellos y lloriqueando al darse cuenta de que el gordo estaba muerto, que *todos* estaban muertos, *todos estaban muertos*, antes de recobrar el control y llegar a la conclusión de que tenía que largarse de ahí al instante; la consiguiente huida por la puerta de la cocina; la sigilosa carrera bajo la lluvia tupida hasta alcanzar el muelle; el rostro desencajado de la Condesa Sangrienta asomándose entre las ramas del amate, entre los juncos de la ribera, a cada paso, en cada sombra; el impulso irresistible de lanzarse al río, con la alucinante certeza de que los espectros no podían cruzar el agua; la convicción total de que había cometido el peor error de toda su vida, esta vez realmente el peor pinche error de toda su perra y miserable vida cuando se hundió como roca en el agua y sus ropas de algodón se volvieron de plomo y las botas de trabajo lo arrastraron al fondo mientras la corriente implacable tiraba de él hasta el estuario, hacia el puente donde de niño solía pescar en compañía de su abuelo mientras hablaban del bote que algún día construirían juntos y bebían a escondidas generosos tragos del punzante *veneno* que fabricaba el viejo; el terror paralizante al percibir que las luces de Progreso, su única referencia para llegar a la otra orilla, se alejaban a pesar de sus patadas y braceos; el cansancio mortal que progresivamente fue entumiendo sus miembros; el agua de lluvia que se le metía en la boca cuando jadeaba buscando aire; la sensación espantosa de que había algo en el agua acechándole, una criatura enorme y escamosa que se deslizaba entre sus piernas y que en cualquier momento le clavaría una dentellada con sus filosas fauces; el largo, larguísimo rato —casi una noche entera, le parecía— que pasó tumbado bocabajo sobre un banco de arena, los brazos y las piernas enredados entre matojos de lirios, aprendiendo a respirar de nuevo, como un recién nacido; y finalmente el recorrido último a través de la oscuridad de la brecha, en medio del chirrido infernal de los grillos y las chicharras, una algazara agónica que de alguna forma terminó incrustándose en su cerebro, junto con el fantasmal aullido de las patrullas lejanas, persecutorias, que aún siguió escuchando en su cabeza hasta mucho después de salir del túnel y entrar a su casa por la puerta del patio y derrumbarse vestido y empapado sobre el petate del suelo.

Había perdido todo: las llaves, los zapatos, el teléfono, la bicicleta, la mochila con su overol de trabajo y la cartera de mano con las joyas de los Maroño, pero no importaba porque estaba vivo: había cruzado el Jamapa en plena tormenta, en la oscuridad cerrada de aquella noche febril, y había salido purificado y redimido, o eso era lo que creía. Cerró los ojos y se desmayó por espacio de una hora, hasta que el despertador culero emitió su acostumbrada musiquilla y su madre salió en chanclas de la recámara y se puso a gritarle que ya era hora de levantarse, pinche huevón, siempre es lo mismo contigo, ¿por qué no puedes ser responsable? Polo trató de levantarse del suelo, pero no pudo: cada uno de los músculos de su cuerpo aullaba. Su madre se acercó hasta donde estaba tendido. ¿Qué te pasa?, le preguntó, cautelosa. Estoy enfermo, gimió Polo, no puedo abrir los ojos. Los tenía como pegados por una costra verde, viscosa, como aquel verano en que de niño se bañó por largo rato en el río y los ojos se le infectaron de conjuntivitis. ¿Enfermo?, refunfuñó su madre, más bien borracho perdido, si hasta acá me llega la peste, grandísimo cabrón, nomás eso me faltaba, y de la nada, sin que Polo se lo esperara, porque hacía años que su madre ya no lo hacía, sintió el ardor de la suela de la chancla azotándolo en la cara, en la nuca, en las nalgas, una y otra vez mientras su madre gritaba enloquecida: ¡quién te manda a irte de borracho, hijo de toda tu chingada madre, y en domingo, pinche irresponsable! ¡Ahorita mismo te paras porque te paras, huevón! ¿Quién chingados te crees que eres?

Le hubiera gustado explicarle la verdad: que la culpa no era de él, que la culpa había sido del gordo, de su pinche calentura por la vieja esa que había preferido morir antes que entregarse a él, pero no le quedó de otra más que levantarse del suelo y lavarse la cara en el tambo y vestirse con otro overol percudido y salir de su casa sin desayunar nada, sin siquiera beber un trago de agua porque sentía el estómago encogido mientras pedaleaba sobre la bici amarilla de Zorayda, los ojos nublados por la fatiga y las necias lagañas verdes que no dejaban de manarle, por el mismo camino de siempre, el camino que sus músculos conocían de memoria, y que en ese momento le parecía más penoso que nunca justamente por lo ordinario y normal que lucía todo a su alrededor. Todo seguía igual: el puente que se alzaba sobre el río, el sol que refulgía detrás de la línea de los árboles, tiernos y fragantes tras la lluvia nocturna, las alambradas que coronaban las bardas altísimas de los fraccionamientos de lujo y que resplandecían llenas de gotas de rocío. Incluso Cenobio, el vigilante diurno, lo saludó desde su puesto como siempre, como si nada especial o extraño o terrorífico hubiera ocurrido en Páradais la noche anterior y Rosalío no le hubiera reportado el ruido de ningún disparo antes de entregarle las llaves de la caseta de vigilancia y la tablilla en donde anotaban las placas de los autos que visitaban el residencial.

Incluso Urquiza llegó más temprano de lo acostumbrado y le ordenó que barriera la gran cantidad de hojas y ramas rotas que la tormenta arrojó en la entrada del fraccionamiento. Desde ahí, con la escoba apretada entre sus temblorosas manos, Polo observó el desfile de los lujosos carros de los residentes, mamadores perfumados que partían a sus oficinas y despachos y señoras producidas que llevaban a sus críos uniformados al colegio. Por un segundo, se le ocurrió que en cualquier momento vería pasar a la señora Marián a bordo de su camioneta blanca, con el pelo suelto hasta los hombros, los brazos llenos de brazaletes tintineantes y los labios granates curvados en una sonrisa coqueta, mientras los dos engendros malcriados peleaban en el asiento trasero, y sintió que las rodillas se le doblaban, como si fuera a desmayarse. La escoba se le escurrió de las manos en el momento en que Griselda, la muchacha de los Maroño, pasó a su lado apurada, con su veliz de viaje y su pulcro uniforme de doméstica, trotando en dirección a la casa número siete, la única que a esas horas de la mañana aún tenía las luminarias de la entrada encendidas y las cortinas cerradas, como si aún fuera de noche. En ese instante, les diría, pasó por su cabeza la tentación de largarse de allí, de tomar la bicicleta de su prima y pedalear lejos, no importaba dónde, lo más lejos que pudiera de aquel fraccionamiento, pero lo detuvo la confortante certidumbre de su completa inocencia: todo había sido culpa de Franco Andrade, Polo no había hecho nada más que obedecerlo; el pobre imbécil estaba loco por aquella mujer, aunque Polo no entendía por qué; sinceramente había pensado que todo era pura guasa del marrano, puro cotorreo, puro parloteo de borracho para llenar el aire de la noche con algo más que el humo de los cigarros que fumaban mientras bebían; él qué iba a pensar que el gordo hablaba en serio, si él lo único que quería era llegar a su casa lo más tarde posible. Estaba harto de todo, harto de aquel pueblo, de su trabajo, de los gritos de su madre, de las burlas de su prima, harto de la vida que llevaba, y quería ser libre, libre, carajo, ésa era su meta en la vida, hacía bien poco que lo había descubierto. Libre, de la manera que fuera, les diría, y él mismo les alzaría la flecha a las patrullas que arribarían más tarde, con las sirenas apagadas pero al sobres, como perros mudos en pos de su presa.

Páradais de Fernanda Melchor
se terminó de imprimir en septiembre de 2021
en los talleres de
Impresora Tauro, S.A. de C.V.
Av. Año de Juárez 343, col. Granjas San Antonio,
Ciudad de México